王晓华 著

老行当

江苏人民出版社

图书在版编目(CIP)数据

老杆子/王晓华著.--南京:江苏人民出版社,2018.9
ISBN 978-7-214-22405-7

Ⅰ.①老… Ⅱ.①王… Ⅲ.①传记文学-中国-当代 Ⅳ.①I25

中国版本图书馆 CIP 数据核字(2018)第 186163 号

书　　　名	老杆子
著　　　者	王晓华
责 任 编 辑	徐　海
责 任 校 对	张世卿　许尔兵
装 帧 设 计	黄　炜
插　　　图	任伟民
出 版 发 行	江苏人民出版社有限公司
出版社地址	南京市湖南路1号A楼,邮编:210009
出版社网址	http://www.jspph.com
照　　　排	江苏凤凰制版有限公司
印　　　刷	江苏凤凰新华印务有限公司
开　　　本	880mm×1240mm　1/32
印　　　张	9.75　插页1
字　　　数	135千字
版　　　次	2018年8月第1版　2018年8月第1次印刷
标 准 书 号	ISBN 978-7-214-22405-7
定　　　价	38.00元

(江苏人民出版社图书凡印装错误可向承印厂调换)

序一　中国版《在路上》
——简评王晓华长篇小说《南京往事》[①]

郝庆军

细读作品之后，我有一个强烈的感觉：王晓华先生的长篇小说《南京往事——老杆子的斜杠人生》是一部中国版的《在路上》；无论其思想、内涵的体量，还是其腔调姿态、写作方式，对于中国小说创作和中国当代文坛来说，都有其特殊的贡献。

这部书首先在气质上与凯鲁亚克的那部世界名著达到了惊人的一致：调侃、嬉闹、欢乐、劲爆的世俗生活，颓废的生命感受，变幻的情绪流动，以及对命运无常的绝望反抗、对宏大叙事的骨子里的蔑视，在这部书中随处可见；而那字里行间满溢出来的"混不吝"的玩世做派、"爱谁谁"般满不在乎的生活理念，混合着一种天生的、"南京式"的绝叫，还有那种敢与生活死磕的狠劲杂糅在一起的人间生存状态，这些都与被称为"垮掉一代"经典小说的《在路上》，在精神气质上无不相通、神似，遥相呼应。

《南京往事》的主人公"老杆子"是一个下乡"知青"，但却

[①] 注：鉴于几篇序言写在出版社定稿前，书名和内容与正式出版物不同，为保留痕迹，仍沿用原序。

没有一点上世纪八十年代"知青文学"的味道：既不"伤痕"控诉，也不"反思"咀嚼；既没有酸文假醋的卖弄才情，更不会撒娇卖乖地"感谢生活"，而完全是赤裸裸的生活原貌和知青们荷尔蒙爆棚的横冲直撞。十几岁的孩子赶到乡下去，并不感到屈辱，也不自觉有什么高尚。他们想的只是如玩乐和闹腾，打架、嬉闹、泡妞、偷鸡摸狗、捞鱼摸虾，挥霍剩余的青春力比多，寻找被时代磨灭而只能由自己找回的生命存在感。《南京往事》打破了以往所有知青书写的模式，解脱了任何意识形态负担，书写了以"老杆子"为首的一群无知无畏的少年在那个时代原生存在的生活志与意识流。

像《在路上》的迪安·莫里亚蒂一样，"老杆子"是一个离经叛道的人物。他年轻的时候，到农村插队总不安分。他喜欢打架，民兵营长让他揍得服服帖帖，地痞流氓让他治得不敢轻举妄动；他也喜欢打抱不平，谁被欺负了，他二话不说替人出头。回城之后，更是不安分守己地过日子，从不走常人的路子，喜欢折腾和冒险，承包鸭厂，倒腾香烟，推牌九、玩虫子、斗蛐蛐、抽白粉他是样样精通，样样失败。他常常迷失自己，迷醉自我，不知道人生目标；他又常常义薄云天，肝胆相照，不断在豪情万丈中找回残存的良知。他貌视权威，无视传统，看不起那些吃官饭的人，更鄙视那些倚仗权势欺负弱小的家伙。他做事凭着个人好恶行事，不太计较后果，有股狠劲，有种不要命的气质，因此成为南京老西门一带的知名人物。当然，他也为此吃尽苦头，受尽折磨。但他还是不改初衷，始终保持着"老杆子"的本色和秉性，到老也不服输、不屈从，硬挺挺活出一个南京"老杆子"的"斜杠人生"。

这部作品同《在路上》的另一个暗合之处，在于小说的叙事腔调和行文方式。凯鲁亚克的的小说写作是反技巧、反故事的即兴式联想写作，以主人公和叙事者的情感流动为叙述主线，大量使用俚语、俗语和方言，许多篇幅让位于对美国社会风俗文化和地方特色的叙述，以此凸显小说的文化意蕴和社会学意义。《南京往事》便以一幅南京社会风俗画开场，讲述老杆子在南京早市上闲逛吃早点、与铺面商贩打招呼啦家常的场景。他们的对话完全是南京方言、俚语，写老杆子路见不平想追赶抢包少年，却摔了个大跟头被送进医院的情形。小说的叙述语调充满诙谐，调侃，反讽，嘲弄，像是讲一个笑话，又似乎在说一个无厘头的故事，轻松欢快，娓娓道来。

最有地方特色和民俗风味的是，在小说的每一章前面作者总是放置一首或两首的南京童谣、谚语、俚语、俗语、地名歌、城门谣、顺口溜，甚至还有革命歌曲和解放区歌谣。这些童谣、俚语串入小说中，实际就是写活了一部南京的生活史、民俗史和城市变迁史；而这些童谣、俚语作为每一章故事的楔子，对人物命运、情节发展、小说氛围、叙述腔调起到了暗示、象征、互文性和隐喻性等功能，其艺术功能大有讲究。

比如，第十五章《进了预审科》的童谣是："矮子巴，打电话，打不通，放洋嗡。"小说解释道：南京人过去喜欢"抖嗡"，就是抖空竹，发出"嗡嗡"之声。后来出现救护车和警车，拉的警报声就被叫作"放洋嗡"。警车警报一响，就预示着要抓人，在这里暗示老杆子要出事，俚语"放洋嗡"实际也是一种象征，象征着老杆子与执法机关将要结下不解之缘，也隐喻着老杆子将吃官司的命运。第四十九章《"就怕你不打我"》引用的童谣是："三角蛤蟆裤，省钱又省布！挑个芭蕾舞，屁股包不住，精屁股郎当过马路，稀屎拉一裤。"预示着老杆子玩世一生，退休后在医院当保安，依然不安分守己，不向命运低头；他横行一世，不过是"拉稀屎一裤"的反英雄。而这些民谣又暗含着时代氛围、世俗社会的时尚潮流。不同时期的"民谣"最能反映时代风向的转换、民间好恶的标准以及社会情感的传递。民谣里既有民间隐痛，也有真情流露。《南京往事》里的近百首民谣谚语的引入，实际为小说凭添了厚重的文化含量，使得小说在叙述故事的时候，人物形象在那些民谣的吟诵和感喟中更加生动鲜明，摇曳多姿。

王晓华先生是著名民国史研究专家，在中国历史第二档案馆辛苦爬梳多年，熟稔有关南京的各种正史资料、闻人掌故、野史笔记，此前曾在央视、凤凰卫视以及其他卫视讲述军统秘史，颇受欢迎，而写小说则是晚近的事情。从这部长篇作品来看，王晓华先生对小说技艺不仅不显得生涩，而且一上来就是个高起点，一出手就给我们一个惊喜。这部《南京往事》完全按照作者自己的观察和思考，信笔写来，毫无拘束。因为作者没有因袭的负担，暗合了凯鲁亚克的笔法，以反技巧和随性书写的方式，将自己对生活和社会几十年的观察集中在"老杆子"一人身上，以传记体加野史化的笔触，塑造了一个在南京土生土长、与南京这个城市血肉融合的草莽英雄和江湖大哥的一生。

"老杆子"无疑是一个"反英雄"的形象，也是在当代文学史上能够立得住的、不多见的典型之一。一部当代史，就这样经由"老杆子"形象串联起来，它带有明显的民间江湖气质，是当代社会生活的一个重要层面。其既不属于国家主流文化语境中的市民社会或世俗社会，也不属于现在许多作家书写的所谓"底层"（其中多数为"伪底层"），而是介于国家权力控制下的市民社会与自发自足的民间世俗社会之间的灰色地带。在这个灰色地带中，国家权力管控力薄弱，民间世俗力量也没有完整的话语权。它自有其生存法则和发展规律，即所谓的"亚文化"。"老杆子"成长、生存于其间，他正是这种"亚文化"培养出来的草莽名流和狠角色。《南京往事》的独特之处，正是通过"老杆子"这一特异的形象揭示出了这个社会"亚文化"的隐秘存在。与迪安和萨尔等美国"垮掉一代"的文学形象相似，"老杆子"这一形象同样成为主流社会的叛逆者和虚伪文化的掘墓人。就此意义而言，王晓华一出手就给中国文坛带来了一个重要的文学典型，带来了一部南京味儿十足的中国版《在路上》。

作为史学专家，王晓华必然具有"考据癖"；而这一癖好必然影响小说的写作。在写到"老杆子"的父母亲如何相识相知的时候，即从第三十章到三十六章，小说信马由缰地来到"民国"——写了1923年土匪孙美瑶临城大劫案，写了国民党七十四师如何被歼灭，还写了1937年南京城破的各种往事，当然主要还是写"老杆子"的父母和祖父母的各种传奇经历。这些故事既增加了小说的可读性，也为"老杆子"这个匪气十足的民间英雄形象找到了历史根源：原来他的祖辈、父辈都是黑社会青帮的重要骨干和头目。我认为，这样处理的确给小说带来了历史的厚重感和故事性，是不是还给这部小说的自在结构带来某种损失，需要进一步探讨。好在小说的内在气质与这段民国叙述毫无违和感，因为无论是现实还是历史，讲的都是民间传奇和社会夹层中的豪情壮举。如果这部小说的下半部分再充实和完善一些，也就说，如果在讲述老杆子退休之后的故事时再细致和深入一些，我想，这部小说就更加完美了。

2018年6月26日草于京北回龙观

注：作者系中国艺术研究院著名学者、作家与评论家

序二　看严谨的历史学者讲冷黑幽南京市井故事
　　　　《南京往事——老杆子的斜杠人生》首批读者有话要说

党　华

我在个人微信公众号连载推送王晓华先生的《老杆子》，是因河南文艺出版社出版的《抗战时期的国际友人》一书因缘牵引。印象中这位前辈总是央视讲课的样子，要么西装革履，要么唐装扣在胸前一丝不苟盘卧，讲的是国家大事，说的是规范母语。怎么《老杆子》画风逆转，"呆逼""死鬼""下流胚"这样的词儿也能恰到好处被他抓弄呢？他这是一手伸进小说田里了呀。还是如此接地气的，写市井人物。

原来彼时他老人家住进了南京的医院，和一位基本同龄的"老杆子"同病房。

那些文字在微信里甫一亮相，千里之外的小编眼前就幻化出"洛阳纸贵"的云彩来，毫不夸张，立马就要求自媒体连载。

"下面故事乃王先生丙申夏秋际，住院调养时，以手机随手写的，按照他歪在病床上书写时自然分段，分期推出，大致上长短不一，错落有致，勾人遐想……"

我的《老杆子》连载第一期就收到了著名文艺评论家黄海碧

先生的差评——因为他一下子就被文字吸引住了，可是配图多过文字，他怼我"文字被分割得支离破碎"。

优质读者的意见啊，我改。

每天编发一段王老师新出手的《老杆子》，成了那个秋天的美差。很多朋友每天都盼着我的更新，信名（微信名）"金陵过客"的艺术家赵强先生只要看我到点没发，一定小窗催我。读者们每天随着故事的推进，被那一口咸水鸭就着洋河大曲味儿的南京话带到了一个时光轴前，看年代戏——从上世纪六十年代到改革开放，再到当下，一个土生土长的南京纯爷们儿过五关斩六将的往事。天意巧合，在中秋节那天，推送的正好是故事中一个五味杂陈的中秋节，戏里戏外，月亏月盈……

我时常要给互动的读者解释，"老杆子"，南京话，相当于北京话的"老炮儿"，河南话的"混家儿"，陕西话的"弄家子"。老杆子的鲜活个性，在史学家手指点化下，寥寥数笔就立起来了。那么多风风雨雨，老杆子的口头禅就是"多大事啊！"一个有血有肉、能承当、可信赖的南京男人，让女人想扑、叫男人愿和他肝胆相照，看的时候，自然而然就这感觉。

生动的南京话为故事增添了滋味。比如"胎气"，并不干女人肚子事，指的是相当于北京话的"局气"，河南话的"秉气"，普通话的"义气"，联系上下文的话，显然"胎气"比"义气"更义气。再比如"白了尾巴尖"，是老杆子讲一位神出鬼没的推牌九达人，战无不胜，而来历不明。最后归之为城隍庙里白了尾巴尖的狐仙，增添了故事的传奇色彩，而又非怪力乱神一路。

老杆子的父亲和母亲的爱情，始于南京的"罗密欧与朱丽叶"式的浪漫，而又终于母亲"眼里揉不得沙子"的决绝性格。在父亲无意中英雄救美后，他们各自的性格使得一家变两家，数十年恩恩怨怨里，裹挟着时代施于小民百姓的枷锁，母亲的倔强和要强，父亲的"胎气"和重诺，几件事就把那一代人的无奈和无解勾勒出来，显示出作者深厚的文字驾驭能力。母亲无情的疏离，何尝不是对父亲入骨之爱的方式。老杆子夫妇的江湖秉性，也在几个细节中线描式勾出，老杆子夫妇靠非常规思维在改革开放初期迅速小富，每天狐朋狗友灯红酒绿，老杆子老婆心知这种时候是要给男人面子的，她并不直接阻止他出去鬼混，而是在他临出门前塞给他一包"口香糖"（其实是安全套）。这些生动的细节，抵得过多少"牢固的婚姻就是建立在认识上的门当户对"的高论。这些和我们生活在同一片蓝天下的男女，他们贫了，富了，灾了，祸了，熬了，过了……或可悟到，人要学会与命运和解，与往事和解，代价是至亲至爱阴阳两隔。这种于小人物的悲欢离合中透视人生的笔法，使这个故事短小而有力。

我坚信，我发现了一个好的小说坯子。

我将这本《老杆子》在河南文艺出版社 2018 年度选题会上隆重推介。

列位请看：本人列举的《老杆子》内容特色：以一位出生于五零年代的老知青近半个世纪的苦乐人生，以小人物的忙生忙死、离乱飘荡来展现改革开放四十年我们国家经历的巨大变化。视角独特，语言生动，字里行间充满大学者写小说的酸爽淋漓。

出版价值：作为"纪念开放40周年"主题出版一土一洋中"一（本）土"的搭配，这本精短的市井人物小说将会是一股清新的风，集故事性、语言特色、漫画感于一体，"避热就冷"的视角，往往引发出乎意料的市场反应。

我的推介得到了社领导和同事们的认可，选题顺利通过。

那时，稿子还需要润饰，我和王老师多次沟通，请他老人家受累，润饰之后正式进入编校程序。

然后，然后就是万能的微信朋友圈，因为我的嘚瑟，节外生枝了。

俗话说，"好女百家求"，尤其这信息大流通时代，很快，河南文艺出版社要做"南京方言市井小说"的消息，就被南京本土的出版社优化处理了——同奉"为时代奉献优质精神食粮"为圭臬，我们其实很容易沟通。啥也不说了，为了《老杆子》（当时的书名）能有更好的前程，河南文艺出版社领导和编辑扶"女"上马，又给一鞭子——拜托你们一定要善待她——放心吧，同志。我们已着手可着头做帽子，邀请到南京著名插画师任伟民老师为《老杆子》创作一批插图，就照着贺友直《山乡巨变》的风格。

河南文艺出版社领导和编辑遥遥祝福，送稿子的马车已经出城二里地，还深情呼唤"书名还可以再斟酌。"

就这样，这本南京方言市井人物小说稿被江苏人民出版社拥入怀中。

接下来的事，江苏人民出版社的徐总会为读者讲述。在此我想感谢河南文艺出版社团队，当初报选题，只有一个不完整的半成品书稿,仅仅因为我描述的美好前景,虽有远虑之声"南京方言市井人物小说,我社在推广时要因材施法",但还是通过了年度选题。当作者通盘考虑,认为该书更适宜在南京方言区打造,我们奉上真诚的祝福。有什么比看到一本好书被厚爱更令编辑开心的呢?

当初连载的最后一期,作者写道:我印象最深的是老杆子说的:"人都没得前后眼,退一步海阔天空,就这么回事,不管你再发达不可一世,都有不行的那一天,走到哪步说那一步,随遇而安,顺其自然;得意时不要目空一切,认不得人,失意时也不要下流胚,像狗一样,都是命。"

话糙理不糙。

都是命。圆满。

丁酉初夏,王晓华老师去二祖山改稿,每日间翠竹环绕,白雾氤氲,饮的是山间清泉,吃的是当地自产果蔬,发的图只让我想起一句话"我们虽然生活在同一时代,却不生活在同一世界。"这般逍遥,真真托了《老杆子》的福了。

书中有一段南京夫子庙的描写:

"说起南京夫子庙一带青楼林立,到处莺歌燕舞,更有潺潺流水。据讲夫子庙可以算作当时中国最大的"红灯区"了。吴敬梓这样写:'那秦淮河到了有月色的时候,越是夜色已深,更有那细吹细唱的船来。凄清委婉,动人心魄。两边河房里住家的女郎,穿了轻纱衣服,头上簪了茉莉花。一齐卷起湘帘，凭栏静听。所以灯船鼓声一响，两边卷帘开窗。河道里焚的龙涎、沉、速香雾一齐喷出来，和河里月色灯光合成一片。望着如闻仙人，瑶宫仙女。还有那十六楼官妓，新妆炫服。招接四方旅客。真乃朝朝寒食，夜夜元宵。'

他写得比我好多了，他经历过。"

……

我也想说，他写得比我好多了，他经历过。

王老师在微信里晒出出版合同那天，我们看到最后定的书名是《南京往事——老杆子的斜杠人生》。这就意味着，在不久的将来，由最初歪在病床上手戳手机而积累的那些文字，经过调改、打磨、润饰，将作为一本原创的小说由江苏人民出版社隆重推出。

我发微信祝福："期待《南京往事——老杆子的斜杠人生》签名本。"

很快，他老人家回复："放心。我不和傻孩儿玩。"

2018 年 6 月 12 日

注：作者系河南文艺出版社编辑

序三　坏滴一塌，好滴一米

徐　海

　　这篇序，真不知道该用南京话来写，还是用我熟悉的正常的语言来写。《南京老杆子》所展现南京老杆子的典型形象和土得滴屎的南京话，让我很难摆脱"南京语言"的诱惑。某种程度上，文化是语言的游戏。平时我们作怪、搞笑，不用方言，效果差得一塌。不过，尽管1984年我就来南京大学读书，毕业后工作、生活在南京，但要像很多城南朋友和同事一样，把南京话讲得滴遛，我还差得远。因此，我力争用南京话来写，但可能是四不像。大家读这篇序，也请尽可能用南京话来默读。

　　这本书初版就有四个出版单位的人来写序，我干了这么多年，还真的没得见到过。这不能不从这本书的传奇经历说起。

　　王晓华是二档馆的研究员，是民国史大家，是我们出版社"民国军队"系列丛书的作者之一。大前年我和他在徐州书市上见过一次面、吃过一顿饭。当时他话不多，我的印象也不深。要不是我们社长助理胡德林反复跟我谈起，我差点忘了。现在他们两个人都跟我讲，他们刚工作时经常在一起玩。89年夏天玩得最疯，天天晚上赤个大膊，就马路边上吃酒，常常喝得胡子马汤的。看看今天的老王，穿着西装或者长袍马褂，天天在中央电视台讲"大受降"（讲抗战胜利），最近又来回不断地往北京跑，在央视录播"国民党大崩溃"（讲新中国解放），我绝对不能想象他早年会和胡德林在南京街头天天喝酒。直到这本书稿由老胡用微信发我，我才跟这位在他们的圈子里号称"民国二公子"的人有深入交往。当然酒要喝，不喝他话不多，儒雅得要死。一喝，人好玩得一塌，话也就多得一米，夹杂着脏话的南京话就更多了。不要说他，我也是。他跟和我一阵编书的小张讲："要豁（喝）酒哎。不豁，豁湿滴，作者怎么跟你一起玩呢？哪个会把好稿子给你呢？阿是滴啊？"

  这本稿子来得神奇。王晓华去年生病住院。我感觉是天意让他跟老杆子住一个病房。经常有一些无二带鬼的朋友来看老杆子，讲他们圈子里的事情。王晓华很好奇（我觉得不好奇的人肯定不能成为作家，也不能成为好的出版人），于是就跟老标子韶上了。感觉老王是一个知识分子，看起来像一个书生，老杆子先不带他玩，也不跟他韶。但老王实在好奇，非跟他韶。哎，搭搭搭搭，两个人就搭上了，于是两个人天天韶，一韶就是的一个多月，直到老王出院。好奇的老王每天把老杆子韶的东西往手机上写，边写边发朋友圈。不发还好，一发就疯得了，朋友圈反映出奇得好。老王得到激励，兴致高得一米，一口气把记下来的内容整理了一本书。

  老王老家是河南人，他自己虽然出生在南京，但毕竟对家乡有感情，加上他在河南工作过，认识很多河南出版界的朋友。河南文艺出版社党华女士是个优秀编辑，看了老王的朋友圈，慧眼识稿，立刻向老王要稿子，并向出版社报了选题，出版社论证居然通过了。照理后面已经没得我的事了，但巧就巧在老胡是他的好朋友，老王发给老胡稿子，老胡顺便发给我看。老胡是学财务的，出版财务知识熟悉得一塌，经常受邀到全国出版培训班上讲课，现在分管发行。他经常跟我讲，我们单位出版的很多学术书、特别哲学书他看不懂。很多书他确实看不懂，我要经常跟他讲书的卖点。但是，他对历史和革命题材着迷，特别喜欢民国史，我怀疑老王在灌他酒时顺便灌了他很多民国掌故，因此很多作者成了老胡的朋友。老胡一般会在第一时间把他收到的稿子发给我看。《南京老杆子》他就发给我看。他说，这个稿子不错，可以出版，但就是有点"俗"。他不说"俗"，我倒会放一放，但他一说"俗"，我马上来了兴趣。我的理由只有一个：老王这个大雅的人，写出一个"俗"的东西，一定不俗！

我开始打开看，一下子就被吸引了。我一口气看完，感到酣畅淋漓。这给我增加了出版的第二条理由：凡是一口气看完的东西，一定是好东西。

在继续交待之前，请听我韶一韶的我的出版观（小小出版人，当然不应该谈"观"，但想想"观"也不一定高大上，比如我们经常说某某"三观"不正）。我经常跟编辑讲，我们永远不要出公版书，要出原创书，我们的书原则上都是国内首发的。我永远不想在别人问起我们出版过哪些书的时候，我的答案是四大名著，还有《论语》《史记》《边城》《红与黑》《社会契约论》《政府论》《理想国》……我们永远不搞重复建设、永远不跟风。发行部整天抱怨我们书的折扣高、没有竞争力，我说宁愿增加 10% 稿费成本，也永远不出没有稿费的、低折扣的、有竞争力但人家出版了几百年、几十年、市场上有几百个版本的书。我们要给世界增加新的思想 GDP。

言归正传。我让老胡跟老王联系，我们要出版。老胡说老王很高兴，说写南京的书能在南京出版太好了，在河南出版也不错，但编辑不懂南京话，也没得办法来南京搞宣传。于是一拍即合。老王和河南文艺打招呼，河南回复可以。

我 7 月在深圳遇到慧眼识稿的河南文艺出版社年轻编辑党华。我感谢之余深为敬重。她说她爱这本书，但到了江苏人民出版社，她更高兴，可谓"鱼儿找到水"。

事情没得这么简单。我自己没得时间编，必须找一个编辑干具体的事。我想起单位的一位文学女编辑并把稿件交给她。第二天她突然来找我，说她不能做责任编辑，因为内容不堪入目。我呆了，我都已经入目了啊。但还是想了想：作为这本书的编辑，第一个条件是南京人，道理你懂的，第二，必须是男的，道理有点勉强（党华也是女编辑啊），第三，要找一位新编辑，便于通过此稿未来的大量修改得到锻炼，但必须安排一位老编辑带。于是，我找了小张。但更令人吃惊的是，小张和带他的老编辑老许，以及他们的编辑部主任（均为男性）第三天给我出具了审读意见：此书低俗，不能出版，并列明理由若干。

我啥了眼。我不能害人撒。我说你们不编，好，我来编；你们不愿意署责任编辑的名字，好，署我的名字，还行啊？选题论证会如期举行，我申报了《南京老杆子》。我的申报理由是：此选题是南京的《皮五辣子》，是中国的《教父》，是当代的《布赖顿硬糖》，并申明，此书出了事，责任在我；不出事，一切效益归小张。

为了保证书稿尽快编辑，我成立了编辑小组，并请本社唯一的首席编辑、南大中文系毕业的老唐，资深编辑老许加小张和我一起组成。分管编辑部的王总对我说，徐总最做责任编辑，我就承担三审。大家知道，三审责任大。老王第一次到我们单位来谈稿件修改时吃了一惊：社长带两老一新一阵干。他很激动，根据我们意见，回去就到皖西的寺庙里"闭关"修改。十天后再来交稿。

我提议加十幅插图，人物形象更加鲜明。巧的是本书插图老任，跟老杆子有共同经历，又是老插子，跟老杆子一样，也是在浦口插队的，一口南京话。不知道他是怎么读到书稿的，竟喜欢滴不得了。于是约出来吃饭，老王、我、老唐、小张、老任。老任带了无数画稿，摊在饭店包间里，和我们一起研究画风。那顿中饭是在迈皋桥真知味吃的，一直吃到下午四点半。因为江苏新颁布禁酒令，老唐自己带了一瓶泰州白酒梅兰春。小张开车不喝，老任从不喝，只有老王、老唐和我三个喝。中间交流以讲脏话和南京话为主。

建了"老杆子"群，从此天天讨论稿子和插图风格，直到今天下午面对面开会讨论。书稿一审二审三审，一校二校三校四校五校……麻烦的是南京话没得办法校，因为不知道怎么写，比如常说的"豁湿滴"、"滴屎"……

书稿编辑过程是秘密的，因为怕一旦走漏风声，有些好事者会往网上发，读者会造成误解。江苏人一贯谨慎，年长审读员手头的放大镜精度比较高，如果看过后慢慢不给意见，我们就歇得了，就会白忙一场。老王中间曾经发过朋友圈，征求对封面的意见，我建议他立即删，他服从命令，秒杀。但还是被眼尖的党华看到并转发了。我没有权力要求党华删，也还因为党华在河南太远，江苏朋友不多，不会被引起注意。

当然，现在呈现给读者的是洁本，不堪入目的东西，即使戴上最精微的高倍放大镜也找不到。我不能不对小张、编辑部主任和王总负责。老许、小张胆小，整页整页地删，甚至删掉了整章。现在是49章，你还觉得怪？我不同意，我建议老唐改写。老唐同意我的意见，改了很多，我也改了很多，也加了不少。当然，在我看来，优秀的编辑不该是删除高手，而应是修改达人。

对这个书的评价，我不想多说。我只想说的是，希望多年后这本书还在不断重印。老唐很快就要退休了，老许和我过七、八年也要退休了，但小张还早。希望这本书给他带来收益，当然，也希望本书给江苏人民出版社带来些收益，至少不能亏本。为防止亏本，老胡跟老王说让他不要稿费，我说那怎么行。我惭愧地跟老王讲，稿费少一点吧。先给一点点，等卖滴好再给，还行？老王胎气，说没得事。

在即将出版之际，我看到好友、上海人民出版社社长王为松的才女夫人毛尖的新书出版了，书名是《非常罪 非常美》。我看到书名，仿佛得到电击，立刻让单位小刘购买一阅。为松兄说要送我一本，我等不及。《非常罪 非常美》是《老杆子》的最佳注解，但我不能抄袭，于是将我的序改为南京话"坏滴一塌 好滴一米"。

我到南京34年了，我受益于这座城市，她给我知识、给我工作岗位、给我薪水；她让我啃盐水鸭、喝菊花脑汤；她让我认识很多被认为是"大萝卜"和"木箍"的人，其实是赐我一大批本真、大器、坦诚又极富智慧的朋友。老杆子传奇般的故事百年难得，遇到王晓华更是难得。如果不是老王，谁又能用如此生花妙笔记录老杆子的传奇一生呢？今后谁又能逼真地描写这一批群体，以及传统与现代化急剧转化时期已经消失和即将很快消失的南京市井生活和旧俗风情呢？我万分荣幸地得到了这部书稿，并希望它能像《皮五辣子》一样传承百年，当然删掉的大量内容今后能否复原，我就没得数了。毕竟，《金瓶梅》现在还读不到足本。

我这两年策划的七本书近期断断续续出版了，花了巨大的心血。一本与祖国改革开放有关，一本与深圳改革开放有关，一本与扬州有关，三本与南京大学有关，这本书与南京有关。它的出版，是我广义上30年（1988年8月8日至今）出版工作、狭义上6年半江苏人民出版社社长工作的一个总结。当然，它属于老杆子、老王以及我们的编辑团队，尽管老杆子因为最近不治而走了。

一口气韶得太多了。这能算序吗?

       2018 年 7 月 30 日中午
      注：作者系江苏人民出版社社长

序四　读懂南京，先读懂《老杆子》

王希凌

2018年春节过后，王晓华老师告诉我，他的书稿《金陵往事——老杆子外传》，已经交给江苏人民出版社，预计四五月间出版，并嘱我写个序。

王老师是民国史专家，著作等身，且是央视《天涯共此时》《海峡两岸》等多个栏目的知名主讲，他用诙谐幽默的笔调写"老杆子"，我想这应该是他不经意间的一个副产品。尽管如此，我还是不敢为他的书作序，怕影响了书的质量。王老师说"这本书就是写小人物——草根平民的一生，无须大作家来写序！"

为他人作序，这对我来说是大姑娘坐轿头一回。然而，我意识到，做好这件事，对我和我的自媒体来说，不啻是一次露脸的绝好机会啊！半推半就，不，恬着老脸、硬着头皮也要接下这活儿！

两年前的夏秋之交，我新开不久的自媒体《今日头条·彩色港》正"等米下锅"，老同学马利说，我帮你推荐一个写手，包你满意。于是，我和王晓华老师便通过新媒体开始了神交。

当时他正住院调养，恰好与"老杆子"同一病房，而"老杆子"又是一个有故事的人。于是，王老师每天与"老杆子"聊天，然后"歪在病床上，用手机随手记下来，长短不一"地发给我，我稍作编辑，便在自媒体上连载。28个章节的《老杆子》，整整发了一个月！这不仅解了我的燃眉之急，也让我的自媒体来了个开门红！读者叫好，我的自媒体推荐量、阅读数和粉丝数都蹭蹭地往上涨啊！一天不发《老杆子》，马上就有众多读者留言问：老杆子怎么样了？后来呢？

老杆子是南京话。记得刚来省城读书那会儿，南京的本地同学就不时用"小杆子"相互逗趣，当我和小杆子们混熟了，举一反三，便知道了小杆子是老杆子生的。有时候忍俊不禁：那老杆子便一定是老老杆子生出来的了。

40年后的今天，读了王老师写的《老杆子》，才知道什么是真正意义上的老杆子。"老杆子是南京土话，和京城老炮儿是一个意思。"王老师开篇是这样定义老杆子的。看过冯小刚《老炮儿》的都知道怎么回事，如果深究下去，我们会发现南京老杆子与京城老炮儿多少还是有些不同，尤其在人物性格等方面。

就作品本身而言，民国史专家无疑懂得人物命运，即使是小人物的命运，也一定离不开他所处的生活环境及历史背景。

老杆子祖祖辈辈住在水西门外，那是南京有名的邪头八角的地方。是一群无产流氓打擂混世的区域。早些年打群架，双方先报名号："你哪块的？""老子水西门的！"对方便两股战战，逃之夭夭……

老杆子的父亲是码头工人，安清帮小头目。

我在港口工作生活过10多年，听老码头说过，旧社会，即使生活在最底层，到码头上去扛活做苦力，也是要靠"打码头"才能打出一片天的。

码头怎么打？先是帮派之间械斗。械斗会伤人，有时还会死人，于是改比力气，比凶悍，比残忍。铮铮铁汉，扛上一二百斤的大麻袋，沿45°角的跳板往上爬，把货堆码好，腿脚不可打抖，更不可以跌下来，谁抖谁输，谁先跌下来谁输。玩到极致时，匕首插进大腿，鲜血直流，一步一个血印……如此这般，直到对手放弃这个码头。

老杆子有这样一位父亲，可见他的血液里早就流淌着"邪头八角"又是不一般的人类基因。

知青分到公社下放生产队才三天，就是元旦节。老杆子已经在家，正吃喝的开心，大队来人找上门。告诉老杆子，大队派他去机米厂当会计。老杆子还是在水西门玩了两天，才回去报到。一看机米厂，已经有个雪白粉嫩胖乎乎的小丫头在记帐。被人顶了，一肚子气，正要发飙，一看认得，是坐一部卡车过大桥的知青，老杆子不好意思，加上女娃也长得讨喜，于是两人海天胡地刮了起来，很是投机。不料讲到派别，女娃是八二七，造反派；而老杆子父兄属于红总，保皇派，立马翻脸。

——寥寥几笔，便交代了历史背景。

于是，王老师笔下的老杆子，便在一个一个历史画面中定格：童年时代，光屁股在秦淮河游泳，爬上运西瓜的船，抱起西瓜往水里扔，"伙伴们便搂上河岸，狼吞虎咽，过着无拘无束的生活"。

还是愣头青的时候，差点去当兵，当兵不成当知青……之后回城，在建筑工地拧钢筋、承包鸭子加工厂，倒香烟、贩毒、吸毒，行走在法律边缘，一会儿腰缠万贯；一会儿穷得叮当响，用老杆子的话说：狗日干净，成光葫芦了。不久，他又以惊人的毅力，不仅自己，还帮老婆一起戒掉了毒瘾。

原来，老杆子还是一个行侠仗义、毅力惊人、活得明白、有点"大萝卜"但还有点心机且玩得潇洒的男人。

有句俗话，叫南京大萝卜。意思有点缺心眼，呆了巴唧，稀大流缸。这个词是南京人的嘴边上的常用语，据我考证，应该是系大溜缰。系是勒马嘴的绳子，勒紧马缰绳，马就不能瞎跑。不约束马的缰绳，马就宽松，就可以随意而行。因此南京人把随性随意的人称做系大溜缰的。至于是不是这个意思,见仁见智。大萝卜还有明知吃亏还要做等多种意思。南京人滑稽,不以为辱,反以"大萝卜"为荣,动不动还自负地来一句:多大事啊!

多大事啊,天生的不在乎。这被南京作家叶兆言称之为"南京男人的健康心态,真是许多事都能随它去。"老杆子大萝卜的糗事做了一箩筐,唯独让他过不去的是当知青时在机米厂碰到的那个小丫头。"她后来被队长强奸了,里外里,先后与四个男人发生关系。"言下之意,混得人不人鬼不鬼的。时过境迁,40多年前的事儿了,今天说起来,老杆子眼里噙着泪,摇头叹息:"唉,要不是观点不一致,当时跟我好了,谁敢碰她?"

此时的老杆子,又是一个有情有义的好男人。

南京是外地人的天堂。叶兆言如此评价南京。我本人扎根南京40年,也只能算半个南京人,骨子里还是外地人。最近上网,铺天盖地的优惠政策,南京想挽留更多的外地人一同建设南京。假如你不小心被南京"优惠"了,成了新南京人,想更多地了解南京这座城,想找几本描写南京的书来读读,那么,《金陵往事——老杆子外传》是一条阅读捷径:想要读懂南京,就请先读读《老杆子》。

老杆子是南京"土著",他身上所发生的一切,都离不开这座神奇的古城。

其实,书中随处可见的南京老地名,无论是南京土著,还是半个南京人以至于刚来南京的"新南京人",都会有说不尽的亲切感。用王老师所描绘的一个工业"景点"作结,看看有多少人会产生这种亲切。

石化厂有两个几十米高的大烟筒昼夜不歇火地燃烧着,许多燃气无法回收使用,白白烧掉。尤其夜晚,远远望去就是两根点着的大蜡烛。一说大蜡烛,南京大萝卜都晓滴。

2018 年 3 月 2 日
写于盐仓桥
注:作者系南京报业传媒集团主任编辑

目　录

序一　中国艺术研究院　郝庆军　/1
序二　河南文艺出版社　党　华　/7
序三　江苏人民出版社　徐　海　/13
序四　南京报业传媒集团　王希凌　/21
引子："屁儿汤"　/1
一、家在水西门　/3
二、杆子原来少读书　/7
三、过"革命化春节"　/13
四、接受"再教育"　/17
五、学"黄鼠狼"偷鸡　/22
六、单打独斗"活闹鬼"　/28
七、《知青之歌》　/34
八、老杆子"看瓜"　/41
九、"一把菜刀"回城　/45
十、鸭子厂厂长　/51
十一、买了一把匕首　/58

十二、"万元户"暴发户 /63

十三、出大纰漏了 /68

十四、进了预审科 /74

十五、捉放曹 /80

十六、为朋友两肋插刀 /85

十七、个体户 /89

十八、走私香烟 /95

十九、走麦城的时候也有过 /102

二十、生死时速 /107

二十一、抱着大队长要跳楼 /111

二十二、九月春 /116

二十三、推牌九 /120

二十四、不是冤家不聚头 /123

二十五、玩虫子 /130

二十六、斗蛐蛐 /135

二十七、栽了大跟头 /140

二十八、乐极生悲 /143

二十九、不让死鬼进门 /147

三十、割肉疗亲 /152

三十一、荷塘爱情 /158

三十二、大哥,这个女人就是你的女人! /164

三十三、"拖油瓶" /170

三十四、反目成仇 /176

三十五、窝里斗 /182

三十六、步步惊心　/186

三十七、两口子都吸上瘾　/192

三十八、钉死门窗——硬戒　/197

三十九、张灵甫的部下　/202

四十、老兵寻亲　/206

四十一、绝处逢生　/213

四十二、打雁被啄眼　/219

四十三、出来混总要还　/226

四十四、西天寺、隐龙山　/233

四十五、"群郎闹江南"　/237

四十六、金盆洗手　/242

四十七、好汉不提当年勇　/246

四十八、"就怕你不打我"　/251

四十九、老杆子谢幕　/256

引子:"屁儿汤"

一个偶然的机会和我和一个老杆子住在一个病房。每天上午,我和老杆子一阵挂水,一挂就是两三个钟头。没得事就呱呱,也就是韶韶。

老杆子是南京土话,和北京城老炮儿是一个意思。我和老杆子有共同的经历,即都当过知青,我是二十九中初二,他是二十八中初三。

当我们各自报了学校名后,他张口就说:"你是破二九的啊,破二九、两层楼,一层兔子一层猴。"

我不吃这个亏,略一思索:"烂二八,臭鱼虾,一网出来喂鸡鸭。"

老杆子笑了:"你在脏污,没得这一说。好十中,坏八中,偷吃扒拿十六中;十中上课不集中,想着对面的四女中,阿是滴?"

一点儿不错,我嘴强牙硬:"我们那半边都这样说……"

"屁儿汤、屁儿汤!"

我和老杆子的交往就从"脏污"和"屁儿汤"开始。

他每天跟我呱一段,我就用手机记下来。脏污嘛,就是不能当真,要是对号入座,搞出事来那就是你的事,不是我的事,为什么?还用说,一开始我就告使(诉)你,这都是在脏污!

我和老杆子更咂味之处,都是"二锅儿"的老底子。

和尚不亲帽儿亲,都是"二锅儿"和"老插子"(南京话叫老三届下乡的是老插子)。

老插对老插,挂水就开呱。

一、家在水西门

> 城门城门几丈高？三十六丈高，骑花马，带把刀，走你家城门抄一抄，问你吃橘子吃香蕉。
>
> ——南京童谣

老杆子家住在南京水西门外。水西门的城墙是南京最高、最坚固的一段。城外就是外秦淮河，从句容、溧水汇流而来，经中华门绕着城墙，再经过水西门、草场门、石头城、三汊河进入长江。

在大明朱元璋时代，水西门叫三山门，和它的名字一样，三山五岳，头角峥嵘，是一群流氓无产者、扛大包卖苦力与小纰漏打擂混世的地方。

到了清代，漕运的发达，带动了水运的发展，青帮也就在这个时候出现了，是为皇家沿运河护送粮食的组织，称为"安青帮"，有几十万人，控制和霸占沿运河的各个码头。青帮的对面，又出现了洪帮，它是反抗清朝的秘密结社。于是三山五岳、邪头八角的各种角色，就在码头上争强斗狠，码头就成了充满英雄豪气的战场。能在码头上扬名立万的人物，跺一跺脚，城中心（清代南京改称江宁）鼓楼上的大鼓，也要"咚咚咚"响三声。

水西门是进出南京城的重要码头，凡是从水路进入南京城的人都从这里上岸。

老杆子的父亲张三是水西门码头的安青帮大爷。老杆子排行老三，上头有大哥大姐，他家老子和街坊邻居喊他小四、四哥、老四。这是怎么一回事？原来，他出生那年，他老爹正好四十岁，所以给儿子起名叫四十。有点儿怪，是吧？当时就那样，特别是农村，生了孩子见什么叫什么。

张四十从小胆大妄为，个性张扬。打架斗狠，爬树上墙，绝对是头子。

张四十少年时代正是上世纪 40 年代末 50 年代初，水西门外大王庙是他经常玩耍的好地方，那时庙里还有香火，据说是为了纪念春秋时期吴国大王夫差的。一次，张四十在蒲团下面捡到用橡皮筋勒住的一卷票子，有三块的，图案是山，还有二毛的火车、二分的飞机和一分的汽车，数数正好二十块，地主家也不可能有那么多。所以他财迷心窍，每次到庙里玩，角角落落（南京话念成"锅锅拉拉"）都给他翻焦了。有一次正在翻着，跳出了一只白尾巴的黄鼠狼，冲着他直作揖，他捡起一块半截砖就砸过去，黄鼠狼一阵烟就无影无踪了。黄鼠狼在民间被称为黄大仙，老百姓很敬畏的，他连黄大仙都敢惹，你说他的胆子大不大？

当年秦淮河比现在宽得多，帆影穿梭，百舸争流，轴舻相衔，小火轮"突突突"甩起来开，后面是一大串的木船甩拖，小四十便钻入水中，爬上木船，将船上成篓子的瓜果推下水面，在河里漂，小伙伴在水里扑通，搂上河岸，狼吞虎咽，大口地吃，吃不完就摔。四十与众不同，他蹲在桥上，把吃不完的瓜果卖给路过的行人。不但如此，他还偷菜，偷人家在河边网的鱼，湖里的莲藕、莲蓬，逮到什么就拿到街上去卖，还有从长江口游来的鸭子，也是他赚钱的"法宝"。

南京城算吃鸭子的大户，但南京人不养鸭。明太祖朱元璋喜欢吃鸭子，在南京登基后，水西门就成为鸭子的集散地。

那时的鸭子不是车子运，都靠赶，因此就有"赶鸭子上架"这一说。

小鸭子大约两三个月时就从苏北的高邮、宝应、兴化，皖北的和县、含山还有皖南的芜湖、宣城一带，一路赶到南京。当地的养鸭人手里握着长长的竹竿，赶着一群群毛茸茸的小鸭下河，沿水路出发，由两三个船工，各撑"江溜子"跟在鸭群后面，一眼望去，黑压压蔽江蔽河，像一块一块黄地毯，又像天上的流云一般，顺流而下，好不壮观。长途跋涉的鸭子大军，一路上吃活虫、吃泥鳅、吃鱼虾，又走又游，等到南京已是几百里下去，都长成了斤把重的成鸭，个个精瘦，也精杠杠的，哪里还有脂肪？南京的板鸭都是瘦型鸭，那是经过"长征"考验的。

群鸭到了水西门，由众多的鸭行收购，再卖给城里上千家的鸭子店，就成了桂花鸭、盐水鸭、板鸭、酱鸭、卤鸭等各式各样的鸭肴。

明成祖朱棣也喜欢吃鸭子，迁都北京以后，也带去了鸭子。

北京少水，鸭子改成圈养，原来自主觅食的习惯逐渐消失，以填鸭方式喂养，个个圆润饱满，体态丰腴，有人形容体态臃肿的人就说"拽得像个肥鸭"。从此形成以北京为代表的烤鸭和以南京为代表的板鸭两大流派。

老杆子就生活在鸭子成群的水西门，十来岁就在秦淮河的桥上往水里扎猛子，闷在水里头，逮到鸭子，鸭脖一轴，呼的一声抛上岸，小伙伴们拔毛的拔毛，开膛的开膛，几根树棍、竹竿儿支起来，树枝、柴草烧烤，也是好吃得一米！吃不完的鸭子也提着去卖，还跟人家讨价还价。

一群小杆子们过着无拘无束的生活。

二、杆子原来少读书

赖学精,巴下雨,下大雨,好开心,挨木板,活该应。

——南京童谣

老杆子九岁才上一年级,不是别的原因,是太贪玩了。功课就那回事,语文不行,算术马马虎虎有七八十分,但账算得很精,多给就算了,如果少个分把钱,蛮急就要,连算术老师都搞不过他。所有的课,只有一门喜欢,就是体育课,不管是打篮球、踢足球、推铅球,都是全校第一,尤其是摔铁饼,拿过市里中小学生运动会冠军,来斯吧!

班上的学生都不跟张四十玩,嫌他厌,成天"桃干"(南京话逃学),是一颗扰乱班级的老鼠屎。

小学就这样混过来了,那时时兴留级,九岁上小学,他是年年都不够升学的标准,语文不及格,四年级要留他一年,他爸爸急了,找到校长说情,本来儿子上小学就比人晚几年,再要留级,你说怎么搞?校长一想也对,就让他跟着走。就这样子,又托人"保送"混进中学。

老杆子上到虚岁二十的那一年的夏天，南京城一夜之间变成红海洋。学校不上课了，工人也不上班，公检法被砸烂，无法无天。忽然有一日，他家父亲张三，被他的大徒弟揭发，是安青帮老大，大白纸排刷子写的大标语贴到家门口。

安青帮什么玩意头？不晓滴。大师兄成为码头工人"全无敌"战斗队的头儿，穿一身洗得发白的军装，还戴个红箍子，神气得一米。

张四十咽不下这口气："狗日东西，吃我家喝我家，还反咬一口！老子杵你！"杵就是打的意识。于是腰里别一铁棍，在半夜时分，翻墙头儿跳进师兄家里，打断了师兄一条腿，但他也吓怕（音念 hè pà）师兄带人下自己的一条腿，干脆领着一帮无儿带鬼的，扯旗子造反，成立一个叫作"五湖四海"造反兵团，但他玩得不上路子，把教室的玻璃窗砸得连一块完整的玻璃都不剩，墙上写满了横七竖八、歪歪倒倒的"革命无罪，造反有理"等大标语，成为响当当硬邦邦的革命小将。于是，他胆子越发的大，战场从学校转移到水西门外，拦路剪径，打架斗殴，依然逍遥快活。

胡闹三年多，终于有一天，学校复课闹革命了，这不是闹寿（开玩笑）吗？人心散了，学不学有鸟用？

1968 年 12 月，毛主席在北京大手一挥：知识青年到农村去，接受贫下中农再教育。

张四十属于无产阶级成分，本来可以留校继续上学，但他主动要求去插队，干么事？不干么事，好玩，和绝大多数的"老三届"一样，打起背包下农村去当"二锅儿"。

"二锅儿"是南京话，就是普通话"二哥"，南京知青都叫"二锅儿"，包括女的也叫"二锅儿"，没得"二嫂"那一说，也有叫"插子"的。"二锅儿"不丢人，是个正儿八斤的光荣职业。

当年的知青，不晓得天高地厚，豪气就像浑身是胆的李玉和，敢叫日月换新天，战天斗地，志在四方。不同区不同学校的"插子"去的地方大不同。远的地方有去内蒙古的；近一点的有去苏北洪泽、盱眙、淮安、泗洪、泗阳、涟水、灌云、灌南的；离家近的有丹阳、扬州、高淳、江浦。

张四十的二十八中属于建邺区，在江浦、马坝和盱眙老山那半边插队，老杆子离家更近，就长江对面的江浦，有个老山林场，那半边一个叫永宁公社的地方插队。

说起来，老杆子他们下农村的日子比大多数知青来斯多了。南京的知青上山下乡，是那一年10月份开始的，好的学校如南师附中、第十中学的好学生，觉悟高，加上家里父母亲由于各种各样的问题，带头响应号召，就去了内蒙古等地。从11月开始，二三流学校跟进，去了苏北农村。在下关车站、中山码头，一车一车、一船一船，生离死别，面对家乡和亲人，一个个哭得鼻头发红，眼泡红肿。

老杆子清楚地记得下乡插队的日子：1968年12月29日，是载入史册的。那天，正好南京长江大桥公路桥正式通车。隆重的通车典礼上，红旗招展，锣鼓喧天。江苏省革委会一把手许世友出席，检阅过桥大军：前面是阵容庞大的解放军坦克车开路，威风凛凛，后面浩浩荡荡，一百多辆彩车，满载着工农兵，在激动人心的《大海航行靠舵手》的雄壮乐曲声中，缓缓通过公路桥。

从第二十七号车开始，就是满载知青的上山下乡的彩车。卡车车队驶过大桥，老杆子清晰地记得，他站在第一排中间，旁边有个脸上有一对酒窝的胖丫头。他们是知青中第一批过桥的，除了被子、脸盆外，老杆子与众不同的是还背着一对20公斤重的哑铃，专门练膀子用的。

半个多小时，卡车队缓缓通过了大桥，老杆子他们的车去了江浦永宁农村。

不过，下乡的第二天晚上，老杆子就出现在水西门一家小饭店里，要了半斤六合猪头肉还有一瓶洋河大曲。两天的农村饭吃下来，寡得肚子里一点儿油水都没滴，一抬腿就回南京城了。离家近就这点儿好处！

元旦当天中午，下乡所在的大队来人摸到水西门，找到老杆子，干么事啊？原来是大队派他去机米厂当会计，催他赶快回去。后来才知道，大队革委会主任郑光看了老杆子的档案，知道此人会算账，精得滴屎，又是学校造反派头头，想利用他来管束知青，招他到自己马前效力。

还有这种好事？老杆子顿时拽得像地保一样，回去这么早干么事？在水西门外打了两天康啷（乐）球，才洋乎洋乎回去报到。到了大队机米厂会计室，不料想却晚了八秋。有个雪白粉嫩胖乎乎的小丫头"偷油"、拾麦子（讨便宜的意思），抢先了一步，坐在里头。老杆子一肚子气，正要发飙，一看认得，是同坐一部车子过大桥的女知青。女娃叫海蓝，回民，长得讨喜，能韶得一米。

老杆子是个"花杆儿",两人你我他,栀子花茉莉花开始呱了起来,没想到一谈到各自观点,胖女娃是"八二七",而老杆子属于红总,蛮急就翻脸,于是烟灭火灭,再加上机米厂狼烟洞地,粉尘弥漫,老杆子从此不踏进机米厂。后来才得知,就在元旦那天晚上,那个小胖丫头找大队革委会主任郑光,说自己贫血,光头晕,央求他安排一个不晒太阳的地方干活。郑光是个瘌痢头,五冬六夏戴一顶蓝布帽,是1962年和邢燕子、董加耕一批下放的老知青,但好吃懒做,不能干活,被人瞧不起。没想到,造起反来干劲十足,"文化大革命"初期,就带头打倒了被"四清"工作队推上台的"走资派",当上大队革委会主任,成天到处大谈"抓革命",很犯嫌。鲜花送上门,他是不得吃亏的,"安排一句话,条件是要玩玩"。就酱紫,海蓝失了身,被色狼玩掉了初夜,换到了机米厂。后来听说了,老杆子直摇头,不无遗憾地叹道:"唉,要不是观点不一致,跟我好了,哪个狗日的敢碰她!"

机米厂去不成,老杆子只有去干农活。冬天是罱河泥、挑河泥的季节,知青们挑着几十斤的河泥,东倒西歪要上十几米的河堤,什么洋相都有,惹得农民哈哈大笑。老杆子来火了,找来两只大畚箕,对挖泥的农民说:"随便装,能堆多少堆多少。"于是那两个不长眼的,挨摆要知青好看,互相使了个眼色,你一锹他一锹,挖了一锹又一锹,垒到不能再垒,一直顶到扁担上,过磅一称,足足二百五十斤。这时,挖河泥的贫下中农、知青都来了,围得里三层外三层,"二锅儿"们怕老杆子瞎逞能,挑不上让农民耻笑,抬不起头。不少人劝他还是认输吧。老杆子不听,咬牙上肩，调整好了呼吸与步伐，一走一颤，摇摇晃晃地拼命撑到河堤高处。农民看呆了，知青欢呼了。老杆子就这一挑，在整个永宁公社出了名。

三、过"革命化春节"

学习董加耕，下农村，要扎根，当好革命接班人，战天斗地在农村。

——革命歌谣

那年头，报纸上一个劲地宣传：知识青年都要学习董加耕。在广阔天地里扎根，和不是亲人胜似亲人的贫下中农老大爹老大妈，挤在一个炕头上，打成一片。当然二妹子不能玩。

当时也有一个"二锅儿"，脑子进水，反正是扎根一辈子了，就和二妹子睡在一起，把人家肚子搞大了。队里头人要打死他们，两人逃到老山，在一个山洞里生了一个小女娃，生下来就送给当地的农民了。后来南京"二锅儿"都回城了，他回不来，只能调去县里看河闸，后来病死在那里了。和贫下中农老头老太太打成一片没得事，凡是和二妹子打成一片的，图一时快活，下场都惨了。这一点儿，老杆子心里头还是有数的。

1969年春节，忽然知青办号召：知青要留在农村，过革命化春节。

"革命化春节"是什么玩意头？那时候，传统的年节都不要了，是封建残余，孝敬父母也不能要了。儿子打老子，夫妻对打，骨肉相残是家常便饭。如果父母是"走资派"，是"公安六条分子"，是"四类分子"，是"牛鬼蛇神"，做子女的怎么尽孝？出生不能选择，道路可以选择，要造父母的反，站稳无产阶级阶级立场，和反动家庭划清界限，好好改造自己，做革命接班人。

过革命化的春节就是要吃忆苦饭，要参加大批判。当时最流行的一首歌叫《不忘阶级苦》：

　　天上布满星，月牙儿亮晶晶，生产队里开大会，诉苦把冤伸，万恶的旧社会，穷人的血泪仇……

所谓"忆苦饭"，也不晓得是哪个发明的。就是过春节时，要吃野菜豆腐渣，千万不能忘记当年，不忘本噻。有的地方农村都没得人会做忆苦饭，干脆就把拌的猪食直接上桌。

大多数"二锅儿"，不管是内蒙古的还是苏北的，嚯使你三爷的，不管那一套，都要回南京过年。也有一些儿假马日猴、二五郎当的，非要在农村吃"忆苦饭"、过"革命化春节"。

大多数"二锅儿"都会用电影《列宁在一九一八》中的台词："我们不理睬他——人民委员斯大林"来给自己找台阶下，之后提着一堆鸡子、鸭子、咸鱼和老鳖，回家过年。

啊买车票？你还有啊？有也不掏。挤在列车车厢连接处，如果列车员要问："车票？"只需厚着脸皮说一句："二锅儿！"就像杨子荣和八大金刚对黑话一样，查票的掉头就走，不管是一个还是八个。那年头，谁家没的娃儿下乡？里外里，不少人都享受过这个待遇。

在不通火车的地方，男"二锅儿"爬在公路下边，找一个漂亮脸蛋的女"二锅儿"，手里摇动一条花手帕，站在公路上拦车，过往司机只要看见单身女子拦车，急吼吼都停下来。之后，女"二锅儿"手一挥，公路两边十来个男的"二锅儿"蜂拥而至，猴子一样爬上车帮，不带？想挨打就直说，打完还要"炫"你学雷锋，哪个喊你停车的啊？

大队革委会主任郑光，大年初一早晨就在大喇叭里广播，全体社员吃完忆苦饭后，十点整在公社礼堂集合，去听一个三代老贫农忆苦思甜。

贫下中农和知青一早起来先"早请示"后，再吃"忆苦饭"，然后，打着红旗，就去了满是红旗的公社大礼堂，听一个八十多岁的老贫农声泪俱下，控诉三九严寒赤脚巴，在泥水冰碴儿中扒鱼塘，肚里没食，手上脚上全是冻疮和血淋淋的口子，求大队长让歇一歇⋯⋯大家都听得云里雾里，郑主任插嘴问："你说的是哪一年？"老贫农想了想，扳起手指码头算了半天回答："六二年啊⋯⋯"

郑光蛮急掏出红宝书，挥拳高喊："千万不要忘记阶级斗争！"之后，几个民兵上台，拳打脚踢，就把老头绑走了。当天晚上，老头实在咽不下这口气，寻了短见。

第二天上午还是那个时间，基干民兵把尸体拖到公社大礼堂，郑光挥拳还喊着"千万不要忘记阶级斗争"的口号,带着全体社员开批斗大会,之后,一人要一根棒子,要在反对人民公社的阶级异己分子身上再敲一棒子呢,大家排着队,足足等了一个小时才算敲完,之后,一张破凉席就把尸体裹上,抬到板车上,老婆跟在后面,也不敢大声嚎,直接拉到野地里给埋了。

一个"革命化"的春节就这样热火朝天地过去了。

四、接受"再教育"

　　小麻雀，顺地滚，我和哥哥去买粉，买起粉来不会搽，我和哥哥去买麻，买起麻来不会搓，我和哥哥去买锅，买起锅来不会煮，我和哥哥去买鼓，买起鼓来不会敲，我和哥哥去买刀，买起刀来不会杀，我和哥哥去买鸭，买起鸭来不会钳，我和哥哥去买田，买起田来不会种，我说哥哥烂无用。

——南京童谣

　　老杆子在农村，虽然有一把子劲，能苦工分，却不愿苦工分，最大的本事是打架。一天，本队队长来到知青点，哭着找老杆子，原来他被民兵营长一脚蹬多远。老杆子二话不说，抽出军用皮带就去了民兵营部。民兵营长叫钟二元，是公社武装部部长钟从元的弟弟，复员军人，哪把小知青放在眼里，开口闭口："你是来接受老子再教育的，你也不打听打听，老子是郭兴福那个连的，参加过1962年全军大比武，老子怕过哪个？"

　　老杆子说："少在老子跟前摆，哪个不晓得，郭兴福是国民党的老兵油子，反革命！把他老婆、孩子都杀了，卵子也割了，早就被抓起来了。"

民兵营长见被揭了老底，恼羞成怒，挥拳就打，老杆子闪过，一皮带刷过去，将营长额头打得啦啦流血，再不服直接举过头扔下。从此，赢得了会打架的威名。

说起打架，是老杆子本行。某次去赶集，与另一群知青在小饭店遭遇，对方有十来个人，老杆子只一人，为争桌子，双方动手，老杆子操起一张长条凳，舞得风车一般，呼呼作响，那群知青一见这阵势，吓得四下而逃。老杆子对准对方为首那个，正待抡下，忽有一双玉臂绕在腰间。原来对方一个十五六岁小女生冲上来，拦腰抱住，莺燕呢喃："锅儿锅儿，打不得，要出人命！"

老杆子天生怜香惜玉，扔下条凳："打不得，喝酒阿行啊？"叫了酒菜，邀对方一阵喝酒。小女生摇着老杆子的粗膀子，嗲声嗲气说："我们知青点在车站边上，成天有一群活闹鬼来此吃饭不给钱，还要'钓鱼'（那时男青年死皮赖脸骚扰女青年叫钓鱼），锅儿锅儿，阿能救救妹妹啊？"

老杆子酒喝多了，拍拍胸："这事包在我身上！"

当天晚上11点半，浦口开往江浦的慢车到站，不一刻儿工夫，七八个活闹鬼说笑而来。老杆子只带一个老弟兄，此人没得人喊大名，都喊"操子"。两人分工，一个门前，一个屋后。没想到那伙人不走前门，直接绕到后面，推开后窗，钻进蚊帐，刹那间，只听里面狂喊救命，鬼哭狼嚎，待"操子"赶过去一看，老杆子只穿一个裤头，几个活闹鬼躺在地上乱滚。其中有个嘴狠的还在那里骂，被老杆子骑到身上，左刷右刷，打得鼻子淌血，脸肿得像猪头。从那以后，女生点风平浪静。

老杆子的膀子粗，但大多数时间不干活，成了当地知青与农民干仗打架的品牌，只要老杆子一出面，基本就化干戈为酒肉，大吃二喝一番。老杆子坏得滴屎，是男女"二锅儿"肚子里面的熊胆、心中的偶像，一大堆人趋之若鹜，跟在屁股后面，连村里的二妹子算上，女朋友也有十几个。

老杆子有女人缘，其实真正的秘底在此，只要跟着他在公社街上转一圈，从此再无人去找麻烦。那时，欺负女知青的事情歹了，但女知青只要说是老杆子的女人，没得人去找麻烦。特殊的时代，正是老杆子魅力绽放的时代。

其实很多架不是他打的，但公社一出事，广播里就喊老杆子。有一次知青和农民打群架，公社大喇叭直喊民兵营长带基干民兵、背着半自动步枪去拿老杆子，欲公报私仇。等到生产队一问：老杆子根本没在乡下，队长派他去南京化肥厂搞化肥了。这就叫：老虎不吃人，恶名在外。

说起下农村，"二锅儿"们生活很艰苦，每日工分以十分计，一天能挣九分半，划到两三毛钱左右。女知青讨喜也讨巧，和农民关系搞得好，经常门口被农民放点蔬菜瓜果。男的就没得这个好事了，全靠回南京弄一两个空罐头瓶，装上炼好的猪油往下带。老杆子天天都有猪油拌饭吃，原来他家妈妈就在南京罐头厂上班，福利啊，想想都直流口水。

在接受再教育的那些年，老杆子一年干活也就几十天。但每到分粮之时，老杆子提着笆斗去仓库，别人扛一笆斗，他便在笆斗上再摞一笆斗，不嘘不喘地扛回知青点。农民敢怒不敢言。没得人管啊？找话说，哪个敢？

俗话说，一物降一物，老杆子也有喊饶命的时候。

老杆子本事再大，就是不敢惹自己队里的一群妇女们，尤其是小划子的老婆，被知青起绰号叫"母老虎"的妇女队长谷大兰。有一次麦收，社员们都起早贪黑，下地收割，老杆子脖子里挎着"海鸥"135照相机，来到赤日炎炎、麦浪翻滚的地里照相，不料，谷大兰急逗了，让大伙歇一下，只见她使了个眼色，几个年轻媳妇围了过去，老杆子一看不对头："你们想干么事？"

妇女队长笑嘻嘻地："想你的好事！"

老杆子一看不妙，转身就跑，却被捆好的"麦个子"绊倒在地，几个妇女一下子就把老杆子的手脚摁住，一个正在哺乳期的媳妇，汗衫上潮渍渍的还不停地还往外渗奶，上去就揪住老杆子梳成偏分的头发，"等不及了吧？"说着拉起汗衫，鼓囊囊的奶子里的乳汁滋了老杆子一头一脸。在妇女哧哧的笑声中，一刻工夫，老杆子的皮带就被拽开了，谷大兰带头，抓起一把麦秸秆就塞到老杆子裤裆里，农民们围着哈哈大笑，几个前来"救驾"的女知青都羞红了脸逃开。

谷大兰抽出老杆子的皮带，扬得高高的，问："还盛不盛啦？"盛是神气的意思。

老杆子："我就盛！"

"死鸭子，让你嘴硬，来，把他裤子扒下来，让我刷！"

容不得半点反抗，裤子一抹到脚后跟，屁股被刷肿了。

老杆子这次算彻底输了，成了打败的鹌鹑斗败的鸡，大姐、阿姨、奶奶、亲妈都喊个遍，那帮妇女也笑够闹够了，妇女队长说："以后见面喊妈妈！"

"好的，妈妈！"

"都听见了，他是我大儿子，以后见面要喊！"

在社员的哄笑中，谷大兰拿起一捆麦子盖在老杆子的身上。从此，老杆子在村里的妇女面前就绕着走，尤其是妇女队长，是唯一能修理老杆子的克星。那年头，干活累得能把人累死，休息时，除了假马日鬼在地头读读报纸，贫下中农也就这点儿田间的乐趣了。

后来才知道，这一招是郑光挑唆的，当年他也曾被妇女"娱乐"过，把老杆子恨得牙痒痒的。

五、学"黄鼠狼"偷鸡

你不带我玩,我有人玩,我到玄武湖划小船,摸螺蛳,包饺子,气死你个二小子。

——南京童谣

老杆子白天大多数时候在睡懒觉,日沉大江,月上东山,就是老杆子显身手的好时候。干么事啊?偷鸡偷鸭啊!

农村家家户户的鸡鸭猫狗都是和他有仇,逮着就吃,第一次偷鸡,师傅是村里头的农民小划子,也就是谷大兰的丈夫。小划子原本是当地一种小船的名称。当年,百万雄师下江南,其中就有小划的父亲和母亲。小划子的母亲当时怀着大肚子划船送大军过江,结果早产,儿子就生在船上,于是就取名叫小划子。小划子父亲死得早,为了给家里多添个劳动力,在他妈妈的操持下,1965年4月23日,也就是小划子17岁生日时,村里头响起鞭炮声,小划子他妈就给儿子娶了老婆,姑娘比小划子大三岁,在家里就是女子青年突击队长,嫁到这边后,也就成为六队的妇女队长。

老杆子为了报扒裤子之仇，带着小划子抽烟喝酒一起干坏事，目的就是让他们夫妻打架，闹得鸡飞狗跳，活该，哪个喊你惹老子的！

常言说：女大三，抱金砖。那个年头，不要说金砖，连红砖都没的，土坯子，做个长方形的木头框子，一头有个搭钩扣好，和好的泥里加上剁碎的稻草，用铁锨铲倒在木框子里，拍紧，再搬到场上，松开搭扣，一块土坯砖就出来了，晒干就可以盖房子了。小划子抱的不是金砖而是土坯子，因为小划子跟着老杆子不学好，到晚上，老婆就不让小划子钻被窝，没得法子可想。一到晚上，小划子就来知青的茅草房里，听老杆子讲过去的事，但老杆子再神，毕竟是个雏儿，为了对老杆子进行再教育，于是小划子讲起了裤裆里那些事。

一天新鲜两天厌，天天都是红裤头，终于让老杆子烦了："鸡巴毛，鸟用？"

小划子不能急了："走！这次给你露一手。"于是，他带着老杆子出来，干么事啊？偷鸡！

你不要讲，小划子的确是把好手，只见他像狸猫一样摸向鸡窝，搬开小门上抵挡的土坯砖，之后，嘴里发出轻微的咕咕的声音，真有点儿像老母鸡发出的声音，之后，两双手掌一上一下，掌心相对，同时进行，上面的掌心轻抚鸡背，下面的手轻轻地顺着鸡嗦子往下摸，一直摸到鸡肚子和两腿之间，老母鸡也非常配合，一点儿动静都不带的，任凭小划子慢慢地往外抱出来，手腕子一转，鸡脖子来了个三百六十度，吭都不吭，腿就蹬直了，再从系着稻草绳子的腰里头,扯下麻袋,把死翘翘的老母鸡塞进去,接着再摸,一刻工夫,第二只鸡就无声无息地进麻袋了。

手法非常熟练,还来斯啊!

小划子把手里的鸡交给老杆子,又从鸡窝中摸出来一只活的,让老杆子看得眼热,等不及了,右手一把拽过小划子,左手直接杵进去,吓得一窝鸡缩在一堆,咯咯乱叫,老杆子一把过去,逮着一只就往外拖,手里的鸡嗷嗷地惨叫,小划子一看没得命了,扛起麻袋就奔啊。这时,房子里的灯亮了,老杆子蛮急就溜,刚转过墙角,就听见身后传来农民的叫骂声,烦不了了。

老杆子自有道理,这样做,就是让房子里睡觉的农民听起来是黄鼠狼来叨鸡。这一手大有青出于蓝而胜于蓝的味道,小划子也自愧不如。

深夜,知青点的房屋里传出一阵阵老母鸡汤的香味,知青笑了。

第二天一大早,老杆子还在被窝里头呼啊呼,门外传来嘈杂的叫骂声。一群贫下中农将知青点团团围住。老杆子顿时火冒三丈:"哪狗日吃了鸡又去二报?"

知青们一个个头直摇。等他们出门一看,怪不了别人,要怪只能怪自己。原来,他们把鸡毛、鸡骨头,在门前挖了个坑埋了。但村东头老魏家的大黑狗鼻子尖,嗅到这里,用前爪把这些证据刨了出来。

农民辛辛苦苦,一年到头,针头线脑,火柴咸盐,还有酱油、醋什么的,全靠几只老母鸡屁儿里的鸡蛋。这下子鸡没得了,不哭不骂才怪。

老杆子烦不了,甩着膀子还带几块腹肌,"鸡是老子吃的,不服……"手背往鼻头下一揩,"来嚓!"

农民拖家带口,知青光棍一条,穿胶皮鞋的(雨鞋)怕赤脚巴的,只得央求大队革委会主任郑光出面。郑光把偷鸡比成阶级斗争新动向,带着基干民兵上门。老杆子急了,一把操起铁锹要拼命,郑光手一挥,基干民兵端起半自动。老杆子上前一把夺过,枪口对准郑光:"老子玩枪还没得你呢!"郑光顿时变了脸色,低声下气说好话,双方达成互谅互让条约:以后凡是偷鸡,就到对过的老山林场去偷,保证无事。

除了偷鸡外,老杆子就是偷鸭子。为了报复郑秃子,老杆子就从郑光家下手,只是老杆子没和小划子商量,一个从东面爬过去,一个从西边爬过去,不约而同,两个头在夜里突然碰到一起,都被对方吓得一屁股坐在地上,事后两人笑着说:在郑秃子家的鸭子窝边上会师了。

回到知青点,一群"二锅儿",男女都有,早等在那里,没得一个打瞌睡的,老杆子手一举战利品,大家立刻忙得不歇火。抱柴草的抱柴草、烧火的烧火,开水滚了,把鸭子放在洗脚盆里,其实就一个盆,洗脸洗脚淘米和面都是它。拿到灶台上,用瓢舀着大铁锅里咕嘟嘟的滚开水就要往鸭子身上浇。

老杆子蛮急叫道:"等一刻儿,这样浇上去,皮都要烫破了……"

小划子笑了:"烫熟了就省事多了。"

老杆子："你直接塞嘴巴里,死旁边去!"

老杆子接过小划子手里的水舀,开始浇水,一遍烫过,把鸭子又翻了几下,开始褪毛,开膛破肚,熟练得不能再熟练,鸭肚子里面还滚出几个鸭蛋来,有一个带皮,其余都是黄黄的球体。鸭子切成八块,下了锅,大伙都围在灶台边急吼吼地等待着。二呆急得不得了,不到十分钟就要掀锅盖,被老杆子一把拉开:"老母鸭不好熟,要慢慢熬!小划子,柴要慢慢续,文火阿懂啊?"

夜半时分,一股浓郁的香味,飘满了整个茅屋,"二锅"们围住锅台,情不自禁:"真香啊!"

老杆子不慌不忙掀开锅盖,咕嘟嘟的汤里露出鸭肉,勾起大家强烈的食欲,顾不上烫,也顾不上烂不烂,直接下手撕拽鸭腿、鸭翅,狼吞虎咽,大快朵颐,风卷残云,一只肥鸭不够大伙过瘾的。小划子尿急了,就去屋后撒泡尿的工夫,再来锅里捞鸭肉时,只剩下汤了,准确说,再晚一分钟,锅就见底了。小划子差点哭出来,威胁说回家要告诉老婆!

老杆子把自己口中的鸭腿拿出来直接塞进小划子嘴里头,骂道:"什么玩意头啊,没得个鸟出息,想吃,明个儿再偷!"

只有一次,老杆子在大白天偷鹅时,差点没淹死,究竟怎么回事呢?原来,老杆子瞄上了队里养的一群大白鹅,栖息在河当中的一个小岛上。老杆子一身好水性,便从岸边下水,直接游过去,瞅准其中一只大白鹅连人带鹅扑到水里。十几斤重的鹅在水里头翻腾着,力量也格外大,不时地冒出水面,又被他使劲压了下去。这时有载着社员过河的船从这里经过,老杆子怕大鹅挣扎出水，被人发现，于是两只手将鹅死死压在水下，不想呛了几口水，又不能松手，差点儿被淹死。这时，船上的社员还一个劲地和他打招呼："冷不冷啊？还洗澡？"老杆子双手不敢放松，死死掐着鹅颈子，两腿踩着水，脸上还笑着说："不冷不冷……"其时就快过年了，不冷是假的，心里暗暗叫苦："活祖宗，快划吧。"船终于过去了，老杆子手里的鹅也渐渐不动了。他踩水来到岸边，将长长的鹅颈子缠绕在水下的柳树根上，兀自爬上河堤跑回知青点。等到晚上，一屋子"二锅儿"，和一屋子煮鹅的香气钻出门缝，弥漫在村里。

老杆子手里掂着一把铁勺，左手掀开大铁锅盖，一只大肥鹅大铁锅里煮着，咕嘟嘟地冒着泡，老杆子兜起一勺子在嘴上尝着，门被推开了，郑光进来了，直接就去了灶台，抢过老杆子的铁勺，喝了两口，老杆子问："阿够味啊？"

郑光点头说："够味！狗鼻子尖嘛。"

海蓝一见要出事，急忙过去解释："是我……"

老杆子一把拉到旁边："是鹅？还是鸭子呢。没得你的事。"

郑光从大衣口袋里掏出一瓶酒："不是来撩事的，找你喝酒！"

这时大家才明白怎么回事，喜笑颜开。

六、单打独斗"活闹鬼"

老猫老猫肚子疼,生出一个儿小毛人。

老鼠老鼠喝口水,生出一堆儿活闹鬼。

——南京俚语

老杆子下农村几年,水西门外又冒出许多"活闹鬼",没的规矩,月黑风高下黑手,光天化日打闷棍,搞得派出所都头疼。有一次,老杆子的父亲胃出血,脚也扭伤了。老杆子就回了南京。为了摆,即炫耀,头戴着一顶高干子弟送给他的呢子军帽,脚穿黑帮白塑料底钓鱼鞋(就是黑布帮子,白塑料底懒汉鞋),这身打扮就是专门勾搭女青年的"钓鱼正装"。

老杆子骑着借来的崭新的飞鸽牌自行车,车龙头上挂着双沟酒和一只盐水鸭,去夫子庙市中医院。

老头子正躺在床上,几个娃儿,老头子就欢喜这个老巴子,从小就时常带在身边。父子俩多日不见,顿时精神一爽,又吃又喝,都成话痨。天早已黑下来。快9点了,老杆子起身告别,临走时,被父亲右手一把抓住,让老杆子和他挤在一起凑合一夜。

老杆子笑了,从三岁以后,就没得和老爹睡了,阿瘾怪啊!

他老爹小声说,怕给人听见:"不是这个意思,如今不比从前,水西门外这一路不太平,冒出来一群活闹鬼谁也不认,我就碰上过,非得要香烟抽,不给就不上路子,常言说,乱拳打死老师傅,尤其你戴军帽,前几天因为抢一顶军帽还杀人呢。你阿懂啊!"

老杆子说:"除你老人家,老子哪个也不怕,认不识脸不要紧,比比膀子!"

老爷子说:"不谈了,五台山摔跤王师傅厉害吧?你也服他。也是碰上一群活闹鬼,冷不防一刀戳在肚子上,把肝子捣个洞,住几个月医院还没出来。世道变了,不能大意。"

老杆子听后不免心虚,转念一想,也未必让我碰上。再说大话吹出去,留下和老爹在病床上挤一夜,岂不让外人笑话?于是一连声几个"没得鸟事",还是骑车上路。

无巧不成书,也活该他触霉头,月光下,他独自一人在高低不平的岸边骑车,就快到家门口了,河边草丛中跳出十多个小杆子,大喝一声:"丢下军帽和自行车,别等爷爷动手!"

老杆子一看不好,说:"你们稍等一刻,我家就在前面,真有点儿急事,十分钟后我保证回来。哪狗日骗你!"

为头的说:"水西门一带谁认不得我们十虎兄弟?你回去叫人吧,我们跑了也算不上好汉!"

老杆子骑车到家,从门后摸出一瓶酰酸,大步流星赶到河岸。

奇怪,十个小杆子连人影子也没得了。正准备回家睡觉,树权丛里跳下几个黑影子，草丛中，又冒出来几个，正是那群活闹鬼。

为首的老大问："你去叫的人呢?!"

老杆子笑了："叫人干么事啊，老子一人陪你们十虎弟兄玩玩。"

原来，这几个家伙放老杆子过去了，又后悔了，说：他肯定回去喊人来，万一来得多，打不过怎么办？

当时也是狗掐狼两怕。活闹鬼都躲起来，当他们确认来人只有一个，这才敢重新现身。

十虎兄弟将老杆子团团围住，嘴狠得吓死人："不打出你的屎，割鸡巴换鹅吃，叫你一辈子记得水西门十虎!"

老杆子举起瓶子："都看清楚，这是一瓶酼酸，我蛮急带你们整整容，省得再遇上认不得。"说完就去抠瓶盖。

十条"大虫"魂飞魄散，骂都来不及，兔子是他家孙子，没得命地奔。老杆子开心了，把瓶嘴对着嘴，咕嘟咕嘟喝了两口。哪有什么酼酸？一瓶好洋河，怕老爹和老哥喝掉，找了个标签贴上"硫酸"二字，却吓跑了一群活闹鬼。

二十年后，水西门的十条汉子见到老杆子，还津津乐道这次遭遇，个个佩服得紧。

老杆子招花引蝶，相好的有一沓子。他最心仪的女孩长得闭月羞花，和他是一个学校的，校花。老杆子粗坯一个，成绩名列学校前三名（倒数），学渣渣也排不上。女孩姓周，家里高级知识分子，白专人物，成分不好，属于可以教育好的子女，在大队宣传队,莺歌燕舞,把知青和农民撩得不行,春心荡漾,也是眼球人物。于是经常有人单独叫她去受教育,捏捏摸摸,占她便宜。于是校花主动找到老杆子这棵大树,花枝乱颤,投怀送抱,找个有安全感的保护神。老杆子做梦想不到有这等好事,很看重这段感情,规规矩矩,连亲一下都不敢。

下农村第三年的春节前,两人一阵回南京。周校花家住玄武门外大树根,明城墙下。说好让老杆子大年初一上门,就这两天,她家父亲从溧水五七干校回来。校花让老杆子初一上门,见见未来的老丈人。没想到一入城门深似海,从初一等到十五,杳无音信。老杆子被放了鸽子,气得一跺脚回了农村,正好在车上巧遇七队的一个女知青。老杆子虽然不是"千里送京娘",也是一路护花,一同来到六队知青点,留她吃晚饭,一个弄菜一个烧锅,饭菜香得不亚于吃馆子。当然心里头更香。

六队到七队,相隔五里路,中间有稻田,还有一片高高的白杨树,下面是一片荒冢。据当地人说,1937年日军在江浦永宁镇杀的人,后来都埋在这里了。

女娃见天黑了,不敢回家。老杆子嘴也韶心也骚,还是有数的,晚上拿着手电筒,照着亮,走过一个又一个坟堆,专门送女娃回七队。

这两人是怎么认识的呢?在街上打架是第一次,后来帮她打别队来"钓鱼"的知青又是一次。第三次是队里收棉花时,天晚来不及,队里几十捆棉花秆堆在地里,等到天明,被偷得干干净净。队长急眼了,没有秸秆无法烧锅,不能做饭怎么下地?一定是地富反坏干的，要去报案。一个放牛的小孩说看见一伙人挑着秸秆往七队方向去了。队长要去找公社。老杆子说用不着，我一人去保证要回来。于是他去了七队，找到女娃一问，果然是七队队长领人干的。老杆子说："我去讨回。"小女生说根本不可能，人家都挑回各户了。

老杆子说："你等我。"于是径直去了队长家，说明来意，队长当然不承认。老杆子端起盛好的饭就吃，说什么时候把东西还回去就走，不给就住这块了。他也是没把自己当外人，躺在床上就呼。队长眼看不是戏，只好敲钟集合劳力，好说歹说，又让社员把偷来的棉花秆给六队挑回去了。

一来二去，老杆子和小女生熟得不能再熟。但对小女生抛来的媚眼装看不着。此番自己谈的女朋友找不着了，同是天涯沦落人，两人聚在一块堆，各自痛说革命家史。天黑后，老杆子拿手电筒，抄近路去七队，被巡查的民兵发现，第二天全公社传遍，都知道老杆子的对象是七队小女生，两个人坐在坟头上谈恋爱，还怕人啊。后来结婚时，夫妻俩说起这回事，三嫂子说："这叫《生死恋》。"

第七天头上，真女神现身了，脸绷得鸡蛋皮一样。老杆子浑身是嘴，女神就是不信。老杆子一跺脚，哪个怕哪个？从此不来往，断绝情缘。原来校花她妈的娘家在宁波，外婆死了，电报一来，一家人赶回老家奔丧，走得突然，断了联系。

七队小女生逮着这个机会，乘虚而入，歪打正着。老杆子也

是想故意气女神,于是生米就煮成熟饭,这就是后来的三嫂子。老杆子与他心中的女神擦肩而过,从此萧郎是路人。说到这里,老杆子摇摇头:"就是这么回事。"

七、《知青之歌》

老巴子的脚,长又长,一脚蹬到女澡堂,女澡堂,女人多,抱着女人扭秧歌。

——南京童谣

有一天,老杆子从南京和七队的小女生一阵回江浦,路上唱起永宁知青写的《知青之歌》:

蓝蓝的天上白云在飞翔,
美丽的扬子江畔是我可爱的南京古城我的家乡。
啊,长虹般的大桥直插云霄横跨长江,
威武的钟山虎踞在我的家乡。

告别了妈妈再见了家乡,
金色的学生时代已载入了青春史册一去不复返,
啊,未来的道路多么艰难多么漫长,

生活的脚步深浅在偏僻异乡。

跟着太阳起伴着月光归,
沉重的修地球是光荣而神圣的天职我的命运,
啊,用我们的双手绣红地球赤遍宇宙,
憧憬的明天相信吧一定会到来。

　　这还是女神教他唱的呢。快到大队时,却被小丫头一把将嘴堵住。老杆子扒开她的手:"有毛病啊?不让我唱干么事?小心眼,你以为我还想她啊?早忘了。"
　　小丫头急了:"你才有毛病,想去吃牢饭啊?阿晓得八队的任毅被军管会逮走啦,轻的要把牢底坐穿,重的要交一毛五……"
　　"交什么一毛五?电影票钱?"
　　"你个呆子,什么电影票,要交炮子子!"
　　"你吓我,唱个歌就交炮子子?那知青之歌不能唱,唱锦绣的老山阿行啊?"
　　锦绣的老山是南京知青创作的一首属于知青的歌。
　　歌词是这样的:

锦绣的老山,富饶的老山,
山上的流水,滚滚流不完,
我们可爱的南京知识青年,

生活在富饶的老山。

队长一广播,同学们起了床,
拿起了那个锄头下田忙,
沉重的修地球耽误了我们的青春;
这一辈子就把他乡当作故乡。
……

"不行,唱《大海航行靠舵手》阿懂啊?"

原来,著名的《知青之歌》就出自江浦老杆子的公社,作者任毅老杆子认识,是五中高三的学生,本来打算报考北京大学考古系和上海复旦大学新闻系,由于1966年高考被取消了,也是1968年12月,和老杆子一批到江浦"修地球"。第二年的5月麦收前第一个晚上,在知青点昏暗的茅草房子里,点着煤油灯,创作了一首《南京知青之歌》。

这首知青之歌,撩动了所有南京知青的心弦,不胫而走,乃至全国知青,都会唱这首属于知青自己的歌。没想到忽然有一天,苏修"敌台"即莫斯科广播电台突然播放了这首《知青之歌》。

又过了一年的春节前夕,上海的知青返城过春节时,传唱起这首《知青之歌》,上海革委会当作"阶级斗争新动向"汇报到张春桥、姚文元那里,搞出大事来了。

元宵节过后,江浦农村如临大敌,几个穿军装携带半自动步枪的人把任毅押走了。这时候,大字报铺天盖地开始批判《知青之歌》。

老杆子木固,对政治上的事不关心,还在那块死擗:"任毅又不和我一个学校的,再说我是大老粗,人家是文化人,好比是打麻将:二五八——不插。"

"你少来,我们队里头老闷子也被调查了!"小女生神秘兮兮地左右看看,小声说,"偷听敌台,写反标。"

其实那时知青偷听"苏修"和台湾广播的人不在少数。从家里带个"熊猫"牌半导体收音机,白天是听八个样板戏,晚上夜深人静,就调到台湾或莫斯科的波段上,当然声音非常小,几乎凑在耳朵根上听。因为这是有血的教训的。

相邻公社的一位"走资派"的"狗崽子",起早贪黑,工分和壮劳力挣的一般多。忽然有一天,被公社来人请走了。怎么回事?原来他老爹"得了道",被三结合了,也就是"改造好的走资派"、革命造反派和军管会军代表三方结合,进了专区的革命委员会领导班子,重新当上"一把手"。不用交代,底下人忙不迭拍马屁,在不到招兵的季节,先把他的儿子调到公社广播放大站做工作人员,暂时过渡一下。哪晓得这个"没改造好的子女"进了广播站,利用工作之便,就偷听台湾广播。有一天深夜,他听得太晚,就睡着了。第二天一早,开始广播社员下地干活,之后,大喇叭里出现了一段奇怪的音乐,就出现了一个播音员操着嗲兮兮的声音开始广播。于是,全公社各个角落受了将近一个多钟头的"敌台"洗脑。

这起严重的全公社听敌台事件,令县革委会万分震惊,公社武装部和武装民兵包围了广播放大站,发现大门紧闭,于是开始敲窗。于是那个戴着耳机的"知青"打开窗子,摘下耳机问什么事,只见窗外几把半自动,都上着雪亮的刺刀,叫他"投降",大喇叭里还是那个台湾播音员嗲兮兮的声音,原来,忘了将"敌台"连线在大喇叭里断开。这是一起极其严重的反革命事件。他明白其中的厉害,不但害己,就连他父亲也难逃干系,于是一咬牙,一头在墙上撞死了。

那么,小女生嘴里的"老闷子"又是怎么回事呢?春节过后,知青陆续从南京返回农村。一个星期之后,公社召集全体知青开会,宣布了一起严重的反革命事件,就是在正月十六那一天晚上,七队几个知青离开南京的那一天,发生了一起重大的反革命事件,在长江大桥附近的江面上,发现了一只漂流瓶。被当地渔民打捞上来,瓶子里面塞了一张纸,打开瓶塞一看,里面是一张用五线谱纸写的"打倒某某某"的反动标语。这种反动标语当时应该不少,但为什么会让军管会将侦查目标指向南京知青呢?

接下来,不知哪根筋又搭到了永宁公社,将排查范围锁定在十天之内离开南京的知青身上,一个小队一个小队地排查,不知怎么的"天上的馅饼"就落到小女生所在的七队。当时的知青点是男女混搭,三间土坯子房,进门是灶台,两头用芦柴隔开,一边是男生,一边是女生。老闷子就是七队的男生,被"反标事件"狠狠地砸到了。

老闷子自从下乡以后,便对音乐特别是作曲产生了兴趣,别看他话不多,嘴里成天就是哆来咪发唆拉稀多。突然有一天,队里劳力去芦苇地里割苇子时,在枯黄的芦苇深处传来老闷子的歌声:"啊,伐木者……"

天啊,原来老闷子竟然给智利大诗人聂鲁达的《伐木者》谱了曲。他是继任毅第二的作曲者。为什么要审查他呢?

原来他的同父异母的哥哥是南艺毕业的拉提琴的演奏员,"文化大革命"开始后,南京市红卫兵演出团演出大型交响音乐《长征组歌》,老闷子的哥哥就在乐队里担任首席小提琴。突然有一天,有人揭发:他家成分不好,是资本家。于是,这个混进红卫兵队伍中的"狗崽子"就被揪出来,被小将们打得头破血流,那双为拉琴而生的,如女性一般的手指,也被撅断,尤其是那把音色极为柔美纯正的小提琴,也被造反派们踩成碎片。

那把小提琴的原主人,是奥地利的一个犹太音乐家。二战时,希特勒大肆屠杀犹太人,一个叫何凤山的中华民国驻奥地利领事,偷偷给这个犹太音乐家发放了前往上海的签证,使他从地狱中逃了出来。

这个犹太音乐家抵达上海后,身无分文,口袋空空,只好在街头卖艺。而老闷子的父亲是上海饭店的总经理,舞厅的乐池中有一支白俄人组成的西洋铜管乐队。于是就收留了这位飘零天涯的艺人,改吹小号了。为了报答总经理,犹太音乐家就把自己祖传下来的琴送给了总经理。后来,这位总经理的大儿子就因为家里有这把琴,走上艺术之途。

正当他风华正茂的岁月,拉响"天上的北斗星最明亮"的旋律时,突遭大难,永远地失去了那把小提琴。他的心里能不恨吗?

很容易联想到借机报复,但"反标事件"怎么会与老闷子和他哥哥有关系呢?

问题就出在那张五线谱纸上,那个五线谱纸上面印着"南京艺术学院"的抬头。而老闷子的哥哥正是南艺毕业的,如此这般的关联,老闷子的哥哥首先被抓了起来。接下来,老闷子就被带走了,说是去县里的毛泽东思想学习班学习,一走就是大半年。后来查清了,跟老闷子哥哥没得关系。老闷子也被放回来了,但比以前更闷了,以前是三拳打不出个屁,事件后改成三脚也踢不出来了。

1970年5月,忽然传来消息:南京市军管会判处任毅死刑。正当江浦知青为任毅伤心惋惜不止时,当年在南京长江大桥通车典礼上,送知青下乡的江苏省革命委员会主任,接到枪毙任毅的案卷时说:"一个知青娃子,才二十来岁,又没有前科,怎么能说杀就杀?"虽说主任文化不高,字写得像鸡蛋那么大,但重如千钧,在案卷上大笔一挥:"该人年轻,个人历史简单、清白。没有死罪。"

南京军管会焉敢不执行?以"现行反革命罪"判处任毅有期徒刑十年。

南京"二锅儿"中的两个"天才",一个作词的,一个谱曲的,就这样断送了前程。

八、老杆子"看瓜"

豁牙巴,偷西瓜,不带我吃告你妈,你妈打你我不拉,我躲门后笑哈哈。

——南京童谣

人尽其才。郑光对老杆子的不干活,也没少动脑子,于是和队里商量,让老杆子去队里的西瓜地看瓜,在瓜地旁边给他搭个庵子,离地一米高左右,铺上木板,老杆子站在上面,四面八方都能观察到,还有个茅草顶子可以遮阳,晚上就睡在那里,有一根铁棍和一个装三节电池的手电筒。每天晚上,小划子就来找老杆子,弄点下酒菜,或炒两个鸡蛋,带上瓶零打的地瓜干酒,边喝边呱。

这个活儿,原来专属小划子,但是小划子镇不住。有一年,正是西瓜下来的季节,那年西瓜地大豆饼上得多,西瓜又大又甜,引得十里八乡的贼娃子都惦念着。小划子手里拿根长竹竿,见有偷瓜的就夯,遭人嫉恨,最后被偷瓜的给他"看瓜"了。什么叫"看瓜"?那时农村人都是土布做的裤子,男女都不开衩,裤腰特别宽大，宽衣时，解开裤腰带挂在脖子里，只要手一松，裤子立即滑落下来，这叫甩裆裤。

有一次，老杆子坐手扶拖拉机去城里，由于七队小女生也坐在车上，他非要逞能，从小划子手里硬夺过车把要开一段，小划子只好让给他，半路上，对面来了一辆小型卡车，老杆子往路边上让，结果滑下路面，翻进水稻田里，人虽没受伤，寒冬腊月，都浑身透湿。

只得央求路边最近的小队找了十来个棒劳力帮着将手扶拖拉机从水田里抬出来，总不能穿着潮叽叽的衣服进城吧，没奈何，又央求帮忙借几件衣服把湿衣服换了，小女生无所谓，小划子也无所谓，自然而然穿了。但老杆子穿上甩裆裤，左一迭右一折，之后，再用布腰带拴紧，还是有点滑稽。小划子告诉老杆子，甩裆裤的最大好处，是便于"看瓜"。

什么叫"看瓜"呢？就是把人脑袋往下摁到两腿之间，用甩裆裤套上头，再用长长的布带子一系，那就无法逃脱了。这肯定不是城里人发明的，而是来自农村贫下中农的奇思妙想。小划子扭捏一番，告诉老杆子，这一招是他老婆收拾他的刑法之一。如果小划子在家不听话，激怒了老婆，就把小划子的脑袋塞进裤裆，直到求饶才放他出来。

老杆子经过再教育，果然也学到不少"本事"，在队里让他看瓜地时，只要逮着偷西瓜的"贼"，不管本队外村的，一律"看瓜"，再扔在瓜地里，让蚊虫叮咬一夜，不死也脱层皮，于是六队的瓜地，除了老杆子和他的知青伙伴加上小划子，别人是不敢随便靠近的。但也像《西游记》里齐天大圣看蟠桃园,大的、熟的、甜的肯定是进到老杆子一伙的肚子里。

有一年就在瓜快熟的季节,远处雷声隆隆,天上开始丢点子了。从春天起天上就没下过几滴雨,连续抗旱了三个月,老杆子高兴了,和小划子坐在看瓜的瓜庵里抠着脚趾头,开始"脏污(南京话,瞎扯的意思)"。一会儿雨大了,老杆子说:"春雨贵如油,现在天上掉角(音:锅)子了,看见没?五分五分地往下掉!"雨不停地下着,下了一晚上,老杆子还在"脏污":"现在开始一毛钱一毛钱地下。"眼看第二天,乌云四合,大雨如注,老杆子依然在下钱:"从现在开始,五毛五毛地下。"他的嘴就像中国人民银行,不停地往外出钱,等第三天清晨,老杆子睁眼一看,四野白茫茫一片,西瓜地看不见了,全是水了,连村庄都泡在水里了。还看什么瓜?老杆子从瓜地出来,就直接回了南京。

三个月后再回来,见到小划子。小划子哭着告诉他:老婆死了。

一个风风火火的大活人,既干练又有威望,怎么会说没有就没有呢?原来在三伏季节,妇女队长谷大兰带着妇女们在玉米地里打农药,一个嫁到这个村不久的新媳妇怕被暴晒,不愿意出工,妇女队长就让她给大家烧开水并送到地头。被几个年轻媳妇作逼倒怪(南京话,捣乱,瞎搞的意思),摁在地里"看瓜",这本来是谷队长树立威信和教育外来户的一项潜规则,屡试不爽。没想到这位新媳妇也是气性大,拼命反抗。惹得谷大兰来火,一声令下,在几个妇女的帮助下,硬把新媳妇拖进玉米地,谷大兰亲自动手，扯下新媳妇的裤带，将她不屈的脑袋和漂亮的脸蛋塞进了大裤裆。这位气性大的媳妇急火攻心，加上四十度高温，一口气没过来，憋死过去了。等一群年轻媳妇笑够后，再把她的头从裤裆里拽出来，发现她脸色乌紫，已经没气了。谷大兰和几个妇女都吓坏了，知道祸闯大了，谷大兰，也就是小划子的老婆带头喝了喷筒里的农药水；几个妇女也跟着喝了农药，躺倒在地里。后来被人发现了，农村土法多，在陈队长的指挥下，挑来大粪硬是给灌过来两个，小划子老婆和另一个妇女没救过来。

老杆子大受刺激，没想到自己的"克星"也有如此壮烈的下场，听得直摇头。还有一件事，大队的知青点合并了。

原来，永宁公社知青点的知青，经过贫下中农再教育，大多数勤勤恳恳老老实实，有表现好的入团入党，不少进工厂、被推荐去大学做了工农兵大学生，连成分不好的，也成为可以教育好的子女，陆陆续续回城里去了。眼见全公社的知青就像癞痢头一样，七零八落，都快走光了，于是各大队开始将知青点合并，不久"三嫂子"也上调回城了。

老杆子也老大不小的了，在永宁当大爷，总不是个长事，想想来气，回城之法，只有走"病退"这一条路了。但是县医院的医生就是说他没的病，不开证明。

九、"一把菜刀"回城

> 城门城门鸡蛋糕,三块绿豆糕,骑马马,带刀刀,走你家城门滑一跤,一不许动,二不许笑,三不许回家吃香蕉。
>
> ——老南京童谣

一转眼,老杆子在农村也有七八年,江浦的知青像瘌痢头一样凋零,眼看和自己一起过大桥的弟兄都走得差不多了,想想来火,看来只得走"病退"这一条路了。自己也多次打过这个念头,南京的医院、卫生院,都拒绝给他健壮如牛的身体开具"病退"的证明。实在想不出办法的老杆子,知道"两把菜刀闹革命"的故事,于是,找了一块磨刀石,将一把生了锈的菜刀磨得起明发亮,用大拇指摸了摸刀锋,这叫瞎子磨(抹)刀——快了。于是把菜刀掖在裤腰带后面,直接去找县医院的医生,说:"腰疼得不得了,都是挑河泥挑的。"医生把他衣服角往上一撩,看见那把明晃晃的菜刀,心里有数了,知道今天如果再公事公办,想必有一场血光之灾。于是说:"你的腰是不行了,不宜在农村劳动。"立即用公用信笺写道:"该知青腰肌劳损严重,建议病退。"并盖上院革委会大红印。

老杆子把县医院证明拿到公社,去跟已经升为公社书记的钟从元七搭八搭:"钟书记……"

"乖乖隆地咚,客气了嘛。什么事?"

"中午阿有空啊?我请你喝酒。"

"少来这一套,有话直说,县里头还等我开工作会议!"说完看看手腕上的钟山表。

老杆子一眼就认出来了,那块带日历的钟山表,金黄色坦克表带,正是他托他家老子高价买来的。原价只得30块,但非常紧俏,凭票供应。他老子花了五张大团结才搞到手。三年前,为了海蓝去当兵,老杆子送给海蓝的。

老杆子上去一把攥住钟从元的手:"怎么到你狗日的手上了?"

钟从元急了:"你少一窍啊,表多哩,你叫它会答应你?"

"少来!这是我送给海蓝的,砸扁了我都认得!说,怎么会到你手上的?你把海蓝怎么样了?"

"好好好,什么事坐下来说。"说完,钟书记若无其事地抹下手表,放在塑料皮的公文包里。

老杆子掏出证明交给钟从元。钟一看证明上印有县医院革委会的红色抬头,就知道老杆子是想装病回城,拧起眉头说:"这个嘛,很难办啊!"

老杆子从椅子上跳起来,就要抢钟从元手里的公文包。

钟书记不敢再打坝:"我写个条子,你直接找郑光吧!"

老杆子又去找大队革委会主任郑光,把医院证明和书记的手令往桌上一拍:"怎么说吧!"

郑光笑容满面:"你来得好!我正要派人去通知你,国营建筑公司来挑人你去不去?我是专门推荐你去的。"

老杆子忿忿地嚷道:"算你识相,否则都没的好日子过!"

走的那一天,全大队只有小划子去送他,哭得像个鬼,老杆子夯不郎当把所有的东西都送给小划子,只带走了那副哑铃。

老杆子终于回城了。其实老杆子玩心眼还搞不过郑光,讲好的是国营单位,拿到"派遣证",由农村户口重新上了南京城市户口,去单位报到以后,老杆子才知道单位性质是大集体,被"宰凯子",上当了。

说到大集体,现在的年轻人可能不知道是怎么一回事。它是特定时代的产物。当年几百万知青上山下乡,后来知青回城,中央政策是谁家的孩子谁抱走。国有企业的在职职工子女应该由国有企业自己包下来,但是又不能转成正式职工,于是各单位成立了劳动服务公司,就出现了"厂办大集体"。

老杆子心想大集体就大集体吧,反正是工人阶级,总比在公社当农二哥强!骑驴找马,先上班,每个月有地方关饷再说。

1976年5月,老杆子总算当上秦淮区建筑公司下属预制板厂的一名工人,工作服一穿,抹得黑黢黢、油腻腻的,脖子里再搭一条白毛巾,在那个时代属于工人阶级的标准服,也是时装。比上不足,比下有余。

老杆子专门负责弯钢筋。别人要将钢筋一头卡在大号台钳上,另一头用两个膀子使劲才能弯过来。老杆子带上帆布手套,握着比手指头还要粗的钢筋,一使劲钢筋就是90度。所以他弯的钢筋最多,害得别人都拿不到奖金,背后捣脊梁骨的人也不少。

1976年7月28日夜,唐山发生大地震。几天工夫,南京居民家家户户搭起抗震棚。

9月9日,中国又出大事了。收音机里传来噩耗,伟大领袖毛主席逝世了。老杆子咧嘴想哭却哭不出来,心想:大救星不在了,中国人民怎么活呢?

没想到,小日子过得还凑合。上来的第二年,即1977年阴历七月七日,老杆子便与七队的小女生结了婚,命里该应。家门口的邻居和熟人都称老杆子的老婆叫"三嫂子",都叫老杆子"四哥",听着都别扭,搞得像别人的老婆一样。

三嫂子比老杆子小几岁,人比老杆子高半个头,绝对不是小女人。在老杆子裙衩粉丝团中,她排在最后,但横刀夺爱,杀出重围,怎么杀呢?霸王硬上弓!一次,公社晚会上,在雪亮的汽灯照耀下,公开搞"黄色镜头",抱住老杆子猛啄,臊得老杆子只喊"救命"。搞得知青和农民哄堂大笑。就这一吻,把多少女"二锅儿"的希望吻没了,三嫂子从此就和老杆子确定了男女关系。

婚后,三嫂子从自己家里搬出来,搬进水西门外的"地震棚"里,和老杆子一阵,和下放户住在一起。

下放户是什么玩意头儿呢?

1968年的冬天,知青下放刚开始,《人民日报》发表社论:《我们也有两只手,不在城里吃闲饭》。于是第二天城里头各个街道锣鼓喧天,挨家挨户去敲,只要哪家不答应下农村就在哪家门口不停地敲,一直敲到同意为止。南京城里往外撵走的下放户少说也有几十万。走时容易,两分钟不到户口就迁到苏北穷乡僻壤去了,直到1978年江苏省政府决定允许下放户再回南京,这些人经过十年,终于举家迁回。原来的住房没了,只能搭建临时"防震棚"居住,按现在的话说叫"违建"。当年南京的小街小巷都劈成两半,一半供通行,一半搭满了下放户的"防震棚"。这种"贫民区"直到上世纪90年代后期才彻底解决。

尽管老婆家经济条件好,有房子,但老杆子不愿意当上门女婿,刷色!自己家里的哥哥已经结婚,没地方挤,老妈在门口搭间披子,把自己的房子腾给小儿子和媳妇。老妈那么大年纪,老杆子不忍心,就在水西门外搭了间"防震棚",爱来不来,三嫂子实心实意,不顾家人反对,自己把自己嫁了,一辆自行车便骑进老杆子搭在水西门外的防震棚中。

老杆子便得意地说:"我的女人歹呢,你三嫂子人厚道,我是外面彩旗飘飘,家里红旗不倒!"

1978年底,全国又出大事了。中央召开了十一届三中全会,决定改革开放。中国进入改革开放的新时期。蓝制服、绿军装退潮了。

很快,南京街头流行蛤蟆镜、喇叭裤,还有提着四个喇叭双卡录音机的年轻人。也没多少天,又有女娃穿踩脚裤出来了,后来穿踩脚裤的由小姑娘变成了中老年妇女,显然,潮流过去了,赶潮流的服装又"下放"给上一代人,老年妇女开始穿踩脚裤了。

在改革大潮中,老杆子的生活也开始有了较大的变化。

老杆子已在区建筑公司扛了两三年钢筋。到了70年代末,拿到50多块一个月,三级工。小康生话,衣食无虞。80年代初计划经济改成市场经济，建筑公司重组，除了留用一部分建筑业的骨干，专门承建高楼大厦以外，其余人分流出去，大锅饭不能再吃了。那剩下的这部分人，包括老杆子在内上哪块去？

常言说：鸡鸭尿尿，各有便道。

建筑公司自有方案，在建筑公司下面又成立了一个鸭子厂。南京人喜爱吃鸭子，老杆子也不例外，再加上老杆子对鸭子天生有感情，到鸭子厂，干活不累，有鸭肉、鸭四件吃，还能有点儿外快，因此就去了鸭子厂。

十、鸭子厂厂长

三轮车跑得快,上面坐个老太太,要五毛,给一块,你说奇怪不奇怪。

——南京童谣

到了鸭子厂老杆子才晓得,其实光鸭——就是褪了毛、开膛破肚的鸭子并不赚钱。当时还是大锅饭,拿公家的钱进货,大家短斤少两,隔三岔五工人还带光鸭回家,倒霉的是公家。褪下的鸭子毛,都有人要,一堆一堆分好,要鸭毛就不要鸭子。老杆子总是要光鸭,回家交给三嫂子,鸭子红烧,鸭肝、鸭肠、鸭胰子小炒,配上一块五的分金亭酒,那叫一个来斯。但他发现,他认为来斯的事,别人不认为来斯。每次都是光鸭没得几个人要,更多的人不要鸭子要鸭毛,这是什么道理呢?

原来,油水全在鸭毛里面。一只光鸭卖到金陵饭店两三块钱,一斤鸭毛却可以卖一倍以上的价钱。那时都时兴羽绒服,牌子都是江西的鸭鸭牌。全国穿羽绒服的人歹哩,各地出现的羽绒服都是鸭鸭牌。江西的原料严重短缺,再说价格不低,于是各地都建羽绒厂，生产鸭绒被、羽绒服，鸭毛成为抢手货，有人摇个拨浪鼓，专门上门收鸭毛。

鸭毛收购很有讲究，粗毛细绒，价钱差得多。买鸭毛的人和羽绒厂供销人员吃吃喝喝，都成了朋友。以粗充细，以次充优，全凭你手段。

过了一年，公家办的鸭子厂不挣钱，蚀了本，无钱进货，买不到鸭子，要债的人络绎不绝地堵门。公司领导决定把鸭子厂承包出去。但大多数人没得眼光，厂里不给资金，自负盈亏，怎么干？没得人敢出这个头，何况还要向厂里预交定金一万元，那时候，一辆"凯迪拉克"才卖二十万块钱，能挣一万元的就搞大了，人人羡慕万元户，他们是改革开放以后第一批致富的头子。老杆子瞅准时机，蛮急行动，找亲戚朋友凑了一万元，交给厂里。

厂领导也是老插子，表现好，二年不到就招工回城了。他一边数着票子，一边说："鸭子厂每年上缴公司七千元承包费，其余全是你的，随你怎么玩。玩赔了，上吊、跳河，厂里不会伸手拉你！"

老杆子摔过去一根香烟："你这个鸟人还是多烧香，保佑我早点儿过好日子，早点儿成为万元户，不然带你一起跳楼。"

笑话归笑话，老杆子还真玩得不错！

前头提过，老杆子从小便有做生意的天赋，七八岁时，从秦淮河船上弄下来的西瓜水果等，吃不了便上街卖了。到农村后，开始偷鸡是为了打牙祭，后来改吃鸭子。他专门逮农民的鸡，提回知青点养起来，一家子的知青都上调了，空余出来的房子就成了养鸡场,最多时老杆子养过二十几只鸡,床上、桌上、地上到处是鸡屎,当然也到处是鸡蛋。赶集卖鸡卖蛋,更是一把好刷子,没得人敢龇牙。逢到赶集的日子,就拎着鸡,提着鸡蛋去赶集。有一次,有个新来的戴红袖章收税的,也是邪头一个,硬说老杆子投机倒把,要没收他的老母鸡,两人较上劲,老杆子说:"你敢动一个试试!"

"老子就动了!"说着伸手去抓鸡。说时迟那时快,老杆子当胸一拽,紧接着一个大背,之后骑在税务员身上:"你要个鸡毛!"接着薅了一把鸡毛,直接塞进税务员嘴里,呛得他乱咳嗽呢,差点出人命。

老杆子警告他:"再见到你就没得鸡毛,吃糖鸡屎。"从此,只要老杆子赶集,收税的一见是他,惹不起,都绕着走。

老杆子现在又干起老本行,从工人到厂长那是什么劲头?管着四十几号人,厂里买来十几口大缸,蓄满热水,专门宰鸭拔毛。从进生鸭,到宰杀、褪毛、晒毛、卖光鸭、卖鸭毛,全厂干得热火朝天,风生水起。常言说,一个将军一个令。老杆子规定:一只鸭从宰杀到光鸭一角钱,一只鹅从宰杀到光鹅二角钱,工人多劳多得,能没干劲吗?

竖起梁山大旗,自然有各方英雄来投靠。最多的是从泥水里一起滚出来的老插子,而他信任和依靠的也是这些人。当然女知青最多,其中就有海蓝。老杆子的确为她动过心,1972年,为了让她从公社调回城,老杆子四处托人,终于帮她搞到当时最紧俏的商品,一块全钢的、南京中山手表厂出的中山表。没想到海蓝把这只贵重的手表送给当时的公社武装部长钟从元，姓钟的不但要财还要色，拿了表，又睡了她。就这样子，她才当兵去了。也没几个月，就被部队退回来了，因为她怀孕了，都是姓钟的干的好事。要说这个女人也真够有种的，为了流掉这个孩子，怀孕八个月，用纱布勒得就是让人看不出来，从军用卡车车帮上往下跳都没把孩子跳下来。十月分娩，孩子是生在女厕所中，掉在茅厕缸里头呛死了。海蓝背了个处分，也复员了。此番海蓝前来投靠，老杆子自然动了恻隐之心，照顾有加。

厂子里头不时有风言风语传出来，两人全当听不着。三嫂子大度，公开说，反正我家出的是男的，不吃亏。私下里回家也警告老杆子："这个女人是祸水，离她远一点。不然你早晚会栽在她身上！"

老杆子："就等那一天哩！"

三嫂子两个字："等死！"

老婆睁一眼闭一眼，别人还有什么话说？

一天，老杆子正坐办公室喝酒，一个一米八的汉子闯进门抓过酒瓶，一仰脖子半瓶没得了。老杆子急了："什么玩意头啊？"

那人抹着嘴："什么玩意头？真认不识还是装认不识！"

谁啊？原来是"操子"。此人与十队的女知青结婚，也调上来了，没想到老婆患上癌症，倾家荡产，还是一命呜呼，欠下一屁股债，卖了房子还不够零头，更别说家里还有两个半大小子，不吃死老子才怪。正走投无路呢，听说老杆子做了鸭子厂厂长，便来相投。

老杆子这一刻儿蛮摆的，鸭子厂蒸蒸日上，有进货款，能发全额工资和奖金，但也有拿了货赖账的。去苏中各县催款的业务员连吃带喝后，又收了收购鸭子专业户的小钱，都打着饱嗝回来，反而说对方如何如何困难。有时也能要回钱，但半路上却被蒙面人抢走。没办法要账，只有老杆子出马了。老杆子西装革履，脖子上还套了个"一拉得"领带，假装斯文，上门一坐，客客气气，说明来意，既然没得货，就请把买鸭子钱给我。

小老板一看：大厂长来了，于是立马诉苦，说得比新中国成立前难民还可怜，说中午连吃饭的钱都不够。老杆子不但讨不到钱，还掏出自己的钱请人家吃饭，也没的什么话说。

后来老杆子又跑了两趟，也没什么效果，才打听到这些卖鸭子的是把给老杆子的鸭子卖给别人了，又想赖这笔账。本来是可以起诉违约者，但资金不是太多，也不够给律师费，既然软的不行就让拳头讲话。

于是在第三次，老杆子换上一身"乞丐"的行头，到处是鸭屎气味，又去了厂里，门卫毫不客气："对不起，不能进，老板不在！"

老杆子一把推倒门卫，大骂："婊子儿养的，你狗眼啊？才将走的，你认不得老子！"一头骂一头走，直接去了小餐厅，见卖鸭子的老板正领一群人大吃二喝，老杆子张口就是粗话，连祖宗八代都带进去，喝酒吃饭的那几个"哥们儿"不高兴了，打起抱不平，卷袖子露膀子围上来，老杆子把上衣一脱，赤个大膊，"哗啦"掀了桌子：

"一起来！都上，我要输了，你一个钱不要给！"

"君子一言驷马难追！"小老板一挥手，"一起上，打赢了一个人给一张大团结。"

几个人用椅子、酒瓶跟老杆子大战，也就一刻工夫，七个人全躺在地上。老杆子头上也被椅子砸得冒血。

小老板一看不是戏，立马成了孙子，一个劲地说好话。

老杆子千言万语就一句话："欠债还钱！"

小老板只得乖乖把钱如数奉还。但还是使了坏，有意把整钱换成零钱，包括银角子（南京人念成银锅子），有一块拖拉机的、五块炼钢的、十块大团结的票子，都堆给老杆子，害得他数了整整一个下午。

老杆子背上蛇皮口袋，上了长途汽车，临时上车没得座位，就坐在发动机盖子上，蛇皮袋放在脚底下。经过野城，遇见蒙面大盗前来截车，见老杆子是个臭要饭的，没得人睬，因此，他独往独来，也从未出过事。

此番老弟兄操子前来入伙，一顿酒，两支"红塔山"，老杆子一高兴，当场掏出"大萝卜"，就在任命书上盖个红戳子：办公室副主任。又在水西门外，给操子找了间公租房，连两个倒头小把戏，都搬了进去。

操子当上办公室副主任，还不拉倒，人心不足蛇吞象，请老杆子喝酒，说："果果，阿能把'副'字去掉啊？"

"想都不要想，把你去掉可以商量！"

操子贱叽叽地说："我晓滴，那是嫂子滴。"

"你三嫂子跟我不是一个单位。"

"大嫂哎，海……"蓝字没说出口，老杆子翻脸了："蛮急带我滚出去（"去"南京话念 kì)！"

操子自告奋勇兼做保镖，每次收款送线，操子非要和老杆子一阵去一阵回，后来才知道是三嫂子交代的，怕他在外脏搞，两人形影不离，搞得像连体婴儿。

十一、买了一把匕首

我们俩好,我们俩老,我们俩挣钱买小鸡,小鸡生蛋在你家,小鸡拉屎在我家,我到你家吃鸡蛋,你到我家吃鸡屎。

——南京童谣

一日,两人去高邮进货,交款之后去街上喝酒吃饭。只见路边小摊上有堆假古玩,其中有把匕首,其实就是新疆的英吉沙小刀,牛皮子刀鞘上还有红红绿绿的假宝石。操子当时就蹲下来,拿起匕首,爱不释手,问多少钱,对方开价20元。老杆子一向玩拳,不屑一顾,拉起操子就走。操子却走不动了:"大哥,弄一把吧。"

"要它干么事?"

"万一来个不上路子的抢劫,吓吓他们。"

"没得钱了,买了刀酒钱不够了。"

"啬皮干儿,那我今天不吃饭阿行啊!"

"我×你妈,我啬皮干儿,上辈子欠你的,讨债鬼!"

一个不让买,一个志在必得。老杆子没得办法,买了两块烧饼，剩下的钱就给操子买了那把匕首。

老杆子为啥反对用匕首？他有一身好玩意，胸大肌、腹肌、背阔肌、三头肌二头股，块块绽放。用他的话说：瘦归瘦，块块是肌肉。

十七岁时，有一次去三岔河码头给父亲送饭。看着父亲扛着大麻包沿着高高的跳板登上船帮，于是说："老头儿，你歇歇，我替你扛几袋。"他家父亲笑着："你能扛二零二？"

二零二是什么玩意头儿？当时大米一包二百斤，加上二斤重麻袋，码头上行话都叫二零二。扛大包的肩膀上搭一块帆布，由两个人将麻包上肩，从看粮食的工头手里拿过来一个筹子，一口气从岸边上跳板，粮船一般都有五六米高，跳板很长，有十来米，颤颤悠悠，下面是滚滚江水，最后登上船帮，肩膀一斜，把肩上麻包扔进船舱。再从另一块跳板上下来。

老杆子的父亲原来不扛麻包，是坐在仓库前发筹子，筹子就是计数字用的竹签，早年间扛麻袋的苦力没得识字的，扛一包拿一个筹子，到下班按筹子数拿钱多或少。"文化大革命"中老杆子的父亲被自己的大徒弟揭发是安青帮的头子，尽管五十大几的人了，照样要去扛麻包。老杆子心疼他老爹，也是傻小子睡凉炕，全凭火力壮，二话不说，往左右手心吐了两口唾沫，背起二零二，接过大师兄手里的筹子，一咬牙就上了跳板。跳板是两寸厚、一尺多宽、几丈长的木板，一头搭在岸上，一头搭在船帮上。

老杆子虽然双腿打晃，还是随着微微起伏的跳板，将麻包咬牙扛到了船舱上头。老杆子的父亲点着头："不错！是我的儿子，有一把子劲。"

得到表扬老杆子更来斯了，一口气扛了五麻包"二零二"。从那时起，老杆子就由他家父亲带着学玩意儿，开始练哑铃。从二十公斤开始，卧推、仰卧飞鸟、仰俯屈臂上拉，靠这个练出胸大肌；再直臂平举、侧平举、交替前举、侧卧直臂前举、肩上平举、交替弯举、俯坐弯举等等一系列的动作，胸大肌鼓鼓的，走在街上，常有平胸的姑娘看着他高挺的胸捂着嘴笑。再练肱二头肌、肱三头肌、肱四头肌、斜方肌、臀大肌，等练出来后，身上的肌肉就像青蛙一样，一节一节的。

每天下午太阳落山前，老杆子跟着他爸爸就去水西门外一片空场子，场上沸腾喧闹。一群练家子在那里大显身手，围观者有几十人到上百人。这些彪形汉子从石锁开始，几十斤的石锁在他们手里一撂多高，再用手接住，玩得上下翻飞，十分娴熟。石锁起步重量是六十斤，有八十斤、一百斤，最重的达到一百四十斤，到这个时候，基本就没得什么人玩了，这时老杆子的父亲才出场，手提、肩扛、单滚、双滚，看得人眼花缭乱，大呼小叫，赢得满堂彩，气氛十分热烈。老杆子从八十斤石锁开始练，拎、晃、抛、接，最后玩到一百二十斤。

老杆子个子不高，墩实敏捷，一个一百二十斤石锁，撂抛翻滚，就如绸带缠在身上，看得人眼花缭乱，掌声喝彩声不断。

石担子是什么呢？那时候老百姓玩不起杠铃，只能用两个石磨盘代替。也就是一根两米左右的粗毛竹杠子，两头各挑起石磨盘，二百斤的石担子，他在手心"噗噗"两声，吐点唾沫，再运

气弯腰，双手猛然提起，直接向上挺举过头。

他以不屑的口气说:"现在玩举重的，不晓得怎么教的，中间要将杠铃架在锁骨上，歇个几秒钟，再猛地往上一举，哪像我们那时，一上手就直接举起来。"

石桩是什么呢？就是矮矮的石柱，二百多斤，双手抱起来往地上砸，谁砸得深谁赢。

此外就是中国式摔跤，摔跤者身穿特制的衣服，系一根粗粗的腰带，穿长裤，跤衣和腰带都可以抓，但不许抓裆和击打，不许用肘、膝和头顶撞对方，只允许站着摔，把对方摔着地就算赢。如果两人同时倒地，在上面的得一分。在摔跤当中，特别强调腰腹和腿部的力量和灵活性。"眼似闪电，腰如盘蛇，脚似钻"，以快取胜，底桩先走，横向跨步，走跤时后脚横跨一尺而前脚跟步三寸，后退时，前脚滑退而底桩横跨，始终保持丁字步。所以俗话说"走对步赢跤，走错步输跤"。摔跤还讲究手脚配合，上面的两手把对方捆住，下面再用脚和腿使绊子。身高体重的人多用勾、别、缠、踢、掰、拧、撮等技术，闪转腾挪，龙腾虎跃。

老杆子是个墩子，动作灵活，捞、蹩、掏、豁、揣、捆等都会。最拿手的一招就是"捞逼倒搋"，不是吹牛逼，不少专业队队员都不是对手。老杆子一穿上帆布跤衣，霸气侧漏，扎上腰带，熊跳虎蹦，和高手过招，也不输一半。

老杆子老爹看在眼里，喜在心里，领着儿子四处拜师求艺。南京市五台山摔跤教练第一高手王成兴，当时和北京王英华齐名，人称南北跤界"二王"。老杆子父亲带他专门拜到门下学过。老杆子每天早上肩扛二百斤杠铃，顺着一百多级台阶一步一步上到顶高头（南京土话，上头），这是专练腰腿之力。遇上事，不说多，打七八个不费事，还用得上匕首？

花开两头，各表一枝。

再说操子买了那把匕首，高兴得屁叽叽的，有事无事带在身上，有恃无恐。回到厂子里，带到机修车间，推上砂轮机的电闸刀，砂轮飞转，拿着匕首在砂轮上，磨得"吱吱"作响，火星乱溅。

老杆子正好过来："你干么事啊？"

操子说："匕首上没得开血槽，我开个槽子……"

老杆子板着脸，一把拉下电闸，警告操子："不准开槽子，更不准开刃。要敢拿匕首伤人惹事，蛮急开除你！"

血槽是刀的一部分，位于刀身与刀背平行的一个凹槽。一般人的理解刀上的血槽是为了放血而留的，实际上刀刺入身体再拔刀时，由于血液的黏度和张力在刀的接触面产生负压，刀不易拔出来，开了血槽可以让外部空气进入体内，减少负压的产生而便于拔刀。

老杆子让操子买了刀，是玩玩而已，但是，老杆子万万也想不到，就是这把无槽匕首，让他人生来了一个大转折。人没的个前后眼，早知会这样，打死也不会答应让操子去买那把匕首。

十二、"万元户"暴发户

多管闲事多吃屁,少管闲事少拉稀。

——南京俚语

鸭屎臭,味太大,但鸭子浑身是票子。

老杆子自从当上鸭子厂厂长,加工沽鸭,从盐水鸭到桂花鸭、烤鸭,分布的网点很多,南京市卖鸭子的网点,清清楚楚,全部送到;整鸭加上老卤子,是一等的桂花鸭;鸭肝、鸭心做小炒,鸭肫可以下酒下饭,鸭四件,就是鸭子的双翅和双脚是最好的下酒菜,还有鸭舌、鸭肠和鸭血,也都有去处,尤其是用铁桶把鸭血收到一起,按比例加水放盐,冷却凝固,用刀划成四方形的块,卖给路边小店,配上粉丝、鸭肝、鸭肠,做成鸭血粉丝汤,成为南京风味小吃,卖得呼呼的。

其实,这些只是鸭子身上能赚钱的一部分,鸭毛更是有利可图。上世纪80年代,大街上只有年纪大的人穿老棉袄大棉裤,中年人、年轻人和小孩儿,男的女的,都是各种各样的羽绒服,羽绒大衣,鸭绒裤。原料就是鸭毛。南京有专门的羽绒厂,什么长江、雨花、雪花等等羽绒厂都来排队收购鸭毛,供不应求。

全厂上下协力同心,生意渐渐起色,走上正轨。老杆子的厂长当得有滋有味,有一女一男就是海蓝和操子在身边,恰似左膀右臂,尤其是同海蓝一间办公室,大屁股,水蛇腰,看着也养眼。亲一窝的知青感情,外人难以理解,加上老杆子口头腐化,放言无忌,传出绯闻,原本内心坦荡,也不去堵人之嘴,家里家外都和谐,只要厂子里头有积累,效益翻番,除每月工资外,多劳多得,奖金比工资还高,个个干劲像打足气的皮球。总公司也得到好处,上交的利润成了公司领导的小金库,于是公司给主要干部的福利就是分房子,70平方米,两室一厅,少不了老杆子的。

老杆子从披子里搬进新家,该有的都有了,像南京电视机厂12寸青松牌黑白电视机,南京长江机械厂出的蝙蝠牌电扇,小天鹅洗衣机,伯乐牌冰箱,还有沙发床、沙发椅,搞雾得了,舒服得一塌糊涂,用一句俗语形容:小日子过飞了。

1986年11月以后,淫雨霏霏,秋深季节,格外阴冷。一天晚上,家里三根管子的电暖器已经发红了,房间里头暖洋洋的。老杆子一边看着香港电视连续剧《霍元甲》,一边是半只桂花鸭就酒,一杯接一杯往嘴巴里面倒。

三嫂子说:"你少喝点儿,就这三天不能忍忍啊?"

老杆子有点不耐烦:"你韶死了,急得狗过不得河一样!"

三嫂子脸拖多长:"就你这个样子,多展子才能怀上?药吃了一堆儿。"

老杆子啃着鸭翅膀说:"行了,就听你的,看完了《霍元甲》

就睡觉。"

自从电视台播出《霍元甲》,老杆子准时来家,一集都不卯(方言,漏的意思)。再说事业有成,岁数也老大不小了,夫妻两人想要个男娃儿,于是求在妇幼保健医院管人事的姐姐,找了个熟人检查,女方没得问题,男方也没得问题,可就是怀不上娃儿。于是从女方经期完后十天,让夫妻两人互相配合,"抓革命促生产"。

三嫂子一说,老杆子脱了毛衣就想钻进被窝。老婆不让上床,打来大半盆热水监督他泡脚。此时,忽听有人敲门,一问,原来是老弟兄操子。

老杆子骂道:"真是操子,会挑时间,耽误我的大事!"

三嫂子开了门,一股凉风裹着操子吸着鼻子进来:"我滴妈,真暖和。"

老杆子问:"什么事?这么晚了。"

操子说:"兴化那半边来送鸭子,车子坏在路上,人已经到厂里,要见厂长。"

兴化鸭子厂是老杆子和操子约定好的暗号,专门指的是海蓝。老杆子心里头有数,急忙揩干脚巴穿袜子和鞋子。

三嫂子不高兴了:"蛮急就上床了,来人你们不会陪呀?"

操子赔着笑脸:"嫂子,人家要我,还要大哥去干么事!"

三嫂子嘟囔着:"急得就像投胎一样……"

老杆子边穿袜子边说:"少啰唆!一刻儿工夫的事情,安排好就回来。"

三嫂子来了一句:"死在外面甭回来!"

老杆子套上鸭鸭牌羽绒衣,拿了把伞,临出门叮嘱老婆:"我去去就回,在被窝里头等我。"

原来,老杆子他家姐姐,见兄弟媳妇的肚子一直没得动静,就问老杆子是怎么回事?老杆子说:"烦什么神?早晚的事。"有句俗话:皇帝不急太监急。他家姐姐又找了个老中医开了偏方,让弟媳买只中药罐子,帮他们熬药,算准日子,就等这几天连续打炮,说不定就能打中。三嫂子眼见好事被操子操得了,自然鼻子不是鼻子脸不是脸。

老杆子赔着笑脸,出了门就低声问操子:"海蓝出了什么事?"

"我也不太清楚,反正她家里头出事了!"

还有什么话说,海蓝的事就是老杆子的事,脚下生风,急吼吼投胎一样赶到厂里,只见二楼厂长办公室亮着灯,三步并作两步上了楼梯,推门进去:海蓝和她哥哥,另外还有厂里的四个年轻职工在里面,每人手里一根香烟,搞得云里雾里。

"怎么回事?"

海蓝哥哥一声不吭,只是抽烟,三拳打不出个屁。

海蓝推推她家哥哥:"大男人,一点儿都不出趟!都是自己人,也不怕丢人。"她鼓足勇气讲出一段家丑。

原来海蓝亲哥哥一年方二八的女儿,正在上高中,长得如花似玉。女娃儿妈妈在外地工作,哥哥带着,又当爹又当妈,不容易,把个女儿捧在手心怕掉了,含在嘴里怕化了,家境不富裕,苦的几个钱都用在女儿身上,并且花钱托人,送到市里较好的高中，就盼着考上好大学，分配到吃皇粮的单位，再找个乘龙快婿，也不枉爹妈一世心血。谁想这个不争气的姑娘，心思全用在涂脂抹粉梳妆打扮上，在校门口被一个三十多岁的"登徒子"看上，抛出点鱼饵，一个小录音机给她学外语，就将这条鲜白鱼钓走。学校老师知道后，多次教育，不听劝阻，最后只得祭出一招，请家长。老海一听就昏了，回到家又劝又哄，软硬兼施，女孩痛哭流涕，表示再不和那个男人来往了。果然，第二天洗尽铅华，老海亲自把宝贝女儿护送去了学校，放学就在门口等。也不过三天，女儿故态复萌，趁课间请假，说她老爸住医院里，要去送东西。等放学后，其父左等右等等不着，找到老师一问，气得暴跳如雷，回家见女儿，二话不说，操起鸡毛掸子，抽得身上都是血印子，关了几天，没想到痴情不改。海蓝哥哥苦思不得良策，就与他家妹妹，就是女孩的姑姑商量办法。海蓝说要想治标必须治本，只有让那个男的老实，才能让女娃安生。她家哥哥一想不错，于是暗中跟踪，顺藤摸瓜，终于打听到那个男人的住处，在七里街一个租来的平房中，而女娃是飞蛾扑火，拼了命要找那个家伙。了解这些情况后，愈发把老海气得要发疯。

十三、出大纰漏了

下雨了，下雪了，冻死老鳖了；下雨了，下雪了，鼻子淌血了。

——南京俚语

农历十月一，细雨纷飞。这一天又称"十月朝"，寒衣节，是为死去的亲人送寒衣的季节。一年中，与清明节、中元节（阴历七月十五）合称为"三大鬼节"。

这一天晚上，外面下着绵绵细雨，不到七点，女娃儿回房，八点多，姑姑海蓝来了，想和侄女再谈谈道理，一推门，床上有人蒙头睡觉，拍拍不对，一掀开原来是枕头。再一看后窗插销未插，胶皮鞋也没的了。兄妹俩一商量，去鸭子厂和老杆子商量后再做道理。兄妹赶到厂里，门卫说："厂长已经回家了。"海蓝心虚不便去厂长家，又去操子家，让他走一遭，并叫起四个年轻的二杆子。

老杆子一听是这事，义不容辞，说："八个人分成两队去七里街，沿途寻找，最后在七里街那间出租房会合。记住，逮住那个男人吓吓他,捶一顿,只要他答应和女娃不来往就行了。"

于是兵分两路,老杆子带红颜知己海蓝加两个二杆子走三山街,她哥哥与操子带两个二杆子走常府街,两路人马顺马路一路寻找过去。

深夜时分,冷风淫雨,透过衣服渗透到肌肤,几个人都打着伞,一个劲地打寒战,法国梧桐残叶随风而下,飘零在泥泞之中,几个人边走边张望,偶尔有骑自行车下中班的职工,都不是要找的目标。走了个把小时,大家都乏了。

上世纪80年代的七里街还没得高架桥,走进那一片,路东面没得什么小区,还有不少农田菜地。空气中总闻到南京啤酒厂发酵的啤酒的味道。尤其在夜晚,行人稀少,后背凉飕飕的。

正走着,海蓝心疼老杆子,说:"前面就是七里街了,半个城过来了,找个地方歇一刻儿吧。"

老杆子求之不得,立即附和:"走,啤酒厂那半边有个小饭店,去下碗馄饨吃,暖和暖和。"

几个人进了路边小饭店,不一会儿,四碗香喷喷热乎乎的鸡丝馄饨端上来,倒上红红的辣油,让他们胃口大开,刚吃了一两口,外面传来熟悉的脚步声。

海蓝放下碗:"是我家哥哥!可能逮着了,你们先吃,我去喊他。"

她站起来,急忙撂门帘出去。但不见人进来。大概过了五六分钟馄饨都吃完了,兄妹二人进来,老杆子问什么情况。她哥哥傻了一样,哆嗦着说不出话。老杆子只得问海蓝:

"到底怎么回事？找没找着人？"

海蓝吞吞吐吐，说话声音发抖："找是找着了，人死得了……"

老杆子一下子站起来："女娃死了？"

海蓝："那个男人死了……"

几个人都呆的了。这到底是怎么回事？

原来，海蓝她家哥哥寻女心切，走得很快，加上路也近，到七里街后，用手电筒正挨家挨户寻找门牌，突然前面一户人家门开了，屋里透出灯光，一个肥硕的男人出来，秃顶，上身披着棉袄，光着腿，下身只穿一个短裤，趿拉个鞋，跑到对面的电线杆子下撒尿。

借着昏黄的路灯一看，正是那位"登徒子"。他哥哥一指："就是他！"操子立即跳过去。

那男人一看不好，高喊了一声："你爸来了！"

操子一听，二话不说，一手抓住肩膀，另一手握着匕首，照准那人大腿就是一下，嘴里还骂道："狗日东西，我带你骟了，叫你当太监！"

一刀捅进去之后，再想拔刀却拔不出来了。

前面讲过，那把匕首没开血槽，刀在里面整个被血吸住，操子拽了两下没拽出来，反手一转一百八十度，刀好不容易才拔出来。这一转却不得了了，大腿上主动脉被转断了，血刹那间喷涌出来，汩汩而下，眼看着人也歪倒下去，泥水、尿水和血水合流一起，地上一大摊子。几个人全吓呆了，操子也呆了半晌，哆哆嗦嗦地问："怎么办？"

海蓝哥哥浑身颤抖，话也结结巴巴："人是你戳的，问我怎么办！"

还是操子镇静下来："先送医院抢救吧，去找电话亭喊救护车！"

于是，两个二杆子就在附近找个投币电话亭，红十字医院就在白下路，离得不远，救护车很快到了，几个人手忙脚乱抬人上车，救护车拉着警报器，急驶而去。然而，人在半路就死了。几个人面面相觑，不知如何是好。

海蓝哥哥："唉，我叫你吓吓他，你干么事杀死他呢？"

操子说："人是我杀的，我去公安局自首。"

于是，操子留下来处理后事，海蓝哥哥去找海蓝他们，两个二杆子不逞能了，吓得只剩下腿肚子转筋了。

老杆子听完事情经过，心一沉，也知道事情搞大了，这时候不能再说后悔话了，先安慰众人一番，说："事情既然出来了，跑也跑不掉，先回去吧，明天再说。"

老杆子送海蓝，其余人各回各家。

下半夜回到家，老婆已经睡着了，电视机屏幕上一片雪花。听见钥匙开门声，老婆睡眼惺忪地问：

"才回来呀？没的个数！厂里什么事？"

老杆子关掉电视，怕老婆担心，没敢说实话，只说："没得什么事，推牌九去了，这盘儿输多了。"

三嫂子哼了一声，还记得要做的事，催促道："奀沤（南京话，不要耽误时间）咪，快上床噻！"

老杆子实在没得心情，应付差事，三分钟就草草了事了。

三嫂子大失所望："你交公粮啊?!"

老杆子嗫嚅道："累咪……"

三嫂子柳眉倒竖："嫑以为我呆，劲用到哪块去了我晓滴！"

老杆子："不要脏搞哎！"

"是你脏搞还是我脏搞？各人心里头有数！"

老杆子心怀鬼胎，也不敢还嘴，转过身去鼾声大起，三嫂子气得直骂，睡意全消。其实老杆子是装睡着，出了这么大的事，要考虑怎样把它摆平。

一大早，老杆子来不及吃饭，上街在小摊上包了一个蒸饭就赶到厂里，找到张会计，边吃边说："你把这几天账算清，看看账上还有多少钱，先给我五千块现金。"

张会计吃了一惊："要那么多钱干么事啊？出差啊？"

老杆子走到窗子跟前，看着下面有骑车有走路的、络绎不绝地提着饭盒子进厂上班的工人，说："张大姐，你代理厂长几天，业务你各方面都熟，让厂子正常运转。"

张会计是老杆子的亲戚，也是老杆子信得过的人，听了老杆子没头没脑的话，一头雾水："厂长，你不说清楚，我是死活不得干的。"

老杆子把事情经过大致一说，张会计也晓得大事不好，只得按厂长的指示办。

老杆子数了二百五十张大团结交给张会计："你把这个钱收着，操子和我一时半会儿出不来，操子的两个儿子你代我照顾，没得妈又没得爹,娃儿可怜啊……剩下的我拿去打点。"

不到八点半,警笛声声由远而近,一刻儿工夫,一辆警车开到办公楼前,正围在大缸前拔鸭毛的工人们都放下手里的活,纷纷议论:"奇怪啊,警察来干么事?"

不一会儿两个警察上楼,推开办公室门,问:"谁是这里的负责人?哪个是张四十?"

老杆子横竖横,挺身而出:"是我!"

警察:"你牵涉一起命案,希望你配合调查。"

老杆子:"我跟你们走!"

警察带老杆子下楼,工人围过来,纷纷问:"厂长,出什么事?"

老杆子大叫:"都去干活,完不成任务扣奖金!"

之后,老杆子就上了警车,直接去了公安分局预审科。

十四、进了预审科

矮子巴,打电话,打不通,放洋嗡。

——南京童谣

南京人过去喜欢"抖嗡",就是抖空竹,发出"嗡嗡"之声。后来出现救护车和警车,拉的警报声就被叫作"放洋嗡"。

老杆子稀里糊涂卷进一场人命案之中,在"放洋嗡"声中,来到了白下区分局预审科。蹲在号子里才知道,连自己算上,昨晚参加行动的八个人,一个也没跑掉,统统被抓,轮番过堂,就没得人理睬老杆子。于是他心里头想:我是被人叫去的,又没参加杀人,多大事呀。

预审人员开出一个诱人的条件,谁说清楚宽大处理!哪个人愿意待在拘留所?哪个人不想洗清自己的罪名?

海蓝她家哥哥是最先成为"甫志高"的,顺杆爬,一股脑儿把责任都推到老杆子头上,说是厂长召集人昨晚在厂里开会,两路人马都有布置,自己不去也不行。

几个二杆子没经过事,都拉稀了,承认是厂长要他们开会,让他们参加这次特殊行动的。

海蓝和操子不愧是老杆子的红颜知己和生死弟兄，两人都主动把责任往自己身上揽，海蓝虽系弱女子，也算曾经沧海，一切都想得开。说是自己的主意，与她哥哥和老杆子没得关系，谁叫那个男人勾引未成年少女的？这一出杀人案全是她让操子干的。

操子也不含糊，大叫大喊："一人做事一人当，杀人偿命，不劳公安劳神费劲，一毛五分钱子弹费我自家出，蛮急送我上路，二十年后又是一条好汉！"

没文化的确可怕，到80年代还喊20年代口号，没的法子可想。公安员剥茧抽丝，详细了解了操子、海蓝和老杆子的人物关系后，越发认定老杆子是主谋。

捱到晚上，总算轮到老杆子，几盏几百瓦刺眼的灯光照在老杆子脸上，刺得睁不开眼。

老杆子有个见光流泪的老毛病，就是那时候落下来的。

老杆子一五一十把事情的经过一说，预审员拍着桌子认定他不老实，避重就轻，把这起案件定为有组织有预谋的带有黑社会团伙性质的报复杀人案。这也难怪，当时黑社会组织在全国刚刚冒头，公安部要求各地公安机关对黑社会组织采取严打行动，最好消灭在萌芽中。这起七里街凶杀案的参与者，从厂长到职工，有部署有分工，事先这八个人在厂子里开过会，显然是一起带有黑社会性质的，有组织、有预谋的杀人案，幕后策划者肯定就是老杆子。

老杆子正好撞在枪口上！

预审员反复追问:"是不是你预谋的?"

老杆子笑了:"你当我呆啊?我预谋我自己还去?"

预审员也笑了:"这就是你狡猾的地方,你是厂长,当然不能出头,你让第一行动组动手,你坐镇第二行动组策应!"

老杆子听着,怎么就像军统戴笠指挥特务谋杀人呢?这个罪名要是坐实了,不把牢底坐穿,也会去新疆搬砖。心里头有点儿慌。

"是不是我预谋组织的,还有其他人呢,你们不信可以问海蓝和操子!"

"你一个大男人,找一个小女人和自己的兄弟顶缸,阿好意思啊?"

顶缸来自南京一句歇后语,叫朱元璋杀鼋——顶缸。什么意思呢?原来,大概明朝时候,南京上新河一带有不少"猪龙婆",就是扬子鳄,在岸边打洞做窝,造成江岸塌陷。朱元璋当皇帝后,找人去调查江岸崩塌的原因,老百姓不敢说是猪龙婆干的好事,因为猪与朱谐音,怕犯忌而掉头,就说是老鳖即老鼋干的坏事,果然,朱元璋下令杀鼋,所以才有"朱元璋杀鼋——顶缸"这句歇后语。

这位预审员也是老南京,他一讲"顶缸"这个词,老杆子坐不住了:

"根本不是这回事!"

"我来告诉你是怎么回事,你策划指使不明真相的小杆子去杀人,找人顶缸,打算携款逃跑,对不对?"

"吃荆条屙箩筐，你还真会编！就是你讲的这回事，阿行啊！"

"不行！我问你，你和海蓝是什么关系？"

"同事关系，上下级关系！"

预审员拍了桌子："坦白从宽，抗拒从严。政策你懂啊？不要以为你能控制其他人，你再不老实我们有的是办法！"

老杆子也不示弱："来噻，什么手段都可以上。"

预审员说："她是你老情人吧？她家哥哥全招了。"

老杆子来火了："男女关系就男女关系，我们下农村时就睡在一起，多大事啊？告使（诉）你，是我干的事我从来不赖，你查出来是我可以炮冲我，不是我干的，我也不会认账！"

"好！我让你狠，你好好反省反省，吃几天不要钱的饭，不怕你抵赖！"

"吃就吃，让我家老婆送换洗衣服和被子来！"

当天下午，老杆子老婆到石门坎拘留所来送东西，出了这么大的事，三嫂子居然被蒙住鼓里头，还是张会计来家把事情经过一说，三嫂子半信半疑，直到分局来人让她送东西，又把事情的大概说了一遍，这才忙着找换洗的衣服，卷起床上的被子，来到拘留所。

老杆子自作自受，放着好好日子不过，要吃牢饭，这种事放在一般夫妻身上，不把男人的头骂臭不拉倒。三嫂子也算女中豪杰，一句埋怨话都没的，只说："该吃就吃，该喝就喝，保重身体！这个月就算了，还有下个月呢。"

预审员主攻老杆子没得结果，决定改变策略，又从其他社会关系入手,去厂里办公室搜查,想找到符合黑社会组织的证据。非挖出鸭子厂黑社会团伙不可。

预审员在工人中间进行调查,背靠背交代揭发,没想到,都是在说厂长好话,要求早点把厂长放回来,搞得他哭笑不得。

老杆子性情中人,见兄弟姐妹都往前冲,也是热泪涟涟。干脆都认了下来,多大事啊?想起小时候淘气,老妈开口闭口叫"小炮子子小炮冲",索性做个炮子子算了。

"小炮子子、小炮冲"是南京大人骂小孩子的专用词,被枪毙的人叫炮子子或者炮冲。在清朝,官府杀人是刽子手用鬼头刀砍,或者用锋利的小刀一刀一刀割,那时骂人:"你个砍头的",或者"千刀万剐"。辛亥革命后,死刑改为枪毙,老百姓管洋枪叫炮,南京人与时俱进,又冒出来"小炮子子、小炮冲"这种时代烙印鲜明的俗语。

面对温水煮青蛙,老杆子委实受不了。眼看就要大年二十九,过两天就是春节。老杆子急得头撞墙,拼命大喊:"就是老子预谋策划的,多大事啊,杀头不过碗大的疤!把老子的人都放了,老子赔你一条命!"

老杆子真是拼了,真不要命了,对着预审员一口一个"老子",听得人直发毛。

来了两个人,打开门,带老杆子进了审讯室,把他按在椅子上。

"死刑犯要管饭!"老杆子只管喊。

预审员笑了:"张四十,我们审了其他人,知道确实不是你主谋，放你回家。"

"难怪今年不下雪……"老杆子还咂咪。

"什么意思?"预审员一头雾水。

"六月雪还晓滴啊?"

"不晓的!"

"还不如我呢,《窦娥冤》都没看过!"

十五、捉放曹

你说奇怪不奇怪,其实一点儿不奇怪,因为老头爱老太。

——南京童谣

《捉放曹》是根据《三国演义》里陈宫与曹操的故事改编的一出京剧。故事大意为曹操刺杀董卓未遂,逃跑途中在中牟县被擒。公堂上,曹操用言语打动县令陈宫,陈宫决意弃官,与曹操一同逃走。行至成皋,遇曹操老父的故友吕伯奢,盛邀至庄中款待。曹操多疑,闻磨刀霍霍,便枉杀吕氏全家。陈宫见曹操如此心毒手狠,十分懊悔,宿店时趁曹操熟睡后独自离去。

老杆子也经历了一出"捉放曹"。

听说要放自己走,老杆子怀疑听错了:"真的假的?蒦给老子玩屁儿汤!"

"还煮的哩。告诉你,也不等于你屁股上没的屎。每周三下午要来预审科报到,平时不得离开南京,随叫随到。"

老杆子转身就走。预审员在后面直喊:"扛上行李!"

"送给你们了。"

老杆子头也不回，大步出了预审科。来到马路边上，拦了一挂三轮车，先去来一顿"皮包水"。

当年老南京人挂在口头上一句话，叫"早上皮包水，晚上水包皮"。什么意思？

老南京讲究！早上起来到小饭店，要两笼汤包，这叫皮包水。不会吃的，一口下去，包子里的热汁能刺多远。当知青时，有一次回家，老杆子在水西门吃汤包，对面一位姑娘吃汤包，上来第一口就刺了老杆子一脸，姑娘急忙给老杆子道歉，说对不起，又递给老杆子一条花手帕让他擦脸。之后，突然变脸，说老杆子耍流氓。老杆子问："是你刺我一脸，怎么说我耍流氓？"

姑娘说："你抓到我的手帕干么事不还我？"

老杆子笑了："你才第一口就刺我一脸，等这两笼吃完，还不晓得要刺几盘儿，等你吃完我再给你不迟。"当时把姑娘臊得低下头，再也不吱声。吃汤包就叫"皮包水"。

到了晚上，老南京爱去热气腾腾的澡堂子泡澡，搓老灰，不许打肥皂，搓完后，爬出大池子打肥皂，之后用木舀子舀水从头到脚冲洗干净，浴巾一围，趿拉板一拖，去外面有服务员带你从头到脚抹干，竹躺椅上一趟，一壶茶泡好，再修个脚，舒服啊。这就叫"水包皮"。

现在生活节奏太快，早晨上班路边买个糍饭或者煎饼，裹一根油条，再拿袋豆浆和牛奶什么的，哪有时间去享受皮包水？家里都有冲淋房，晚上都是夜生活，或者在家看电视，已经没的多少人去享受水包皮了。

老杆子先去鼓楼的鸡鸣酒家，排队买"筹子"，就是油腻腻的小竹牌子，上面刻有号码，叫到号码自己就去端摆得高高的小蒸笼——十笼汤包，再要一瓶洋河大曲。被拘留的日子里，口中实在淡得出鸟，一口酒一个包子，一刻工夫，风卷残去，吃得一点儿不剩，

解了馋虫之后，又去了隔壁的清泉浴池，这还是老杆子小时候跟他老子养成的习惯。老杆子跳进大池子，美美地泡个澡，之后有搓背师傅搓了一地老垢，修脚师傅修了脚，美美地呼了一觉。出了浴池已经夜幕降临，老杆子叫一辆马自达，打道回府。

马自达到了鸭子厂家属楼门口，老杆子挺胸凸肚，逢人就老王老张老李地打招呼，告使（诉）这些熟人：我胡汉三又来家了。一进家门，"咕咚"一声给三嫂子跪倒，赔个不是。

三嫂子怒吼一声："死旁边去，搞得跟真山一样！什么都不告使（诉）我，你心里头根本没得我。"

老杆子不起来："你奁瞎讲！我晓滴都是我的错，跪都跪了，你还要干么事？杀人不过头点地……"

三嫂子摆摆手："豁是滴，夫妻之间不作兴这个，阿懂啊？没事就好！我去濮恒兴家斩半只鸭子，再买点儿东山老鹅，等你到现在。"

"等我干么事啊？你怎么知道我今天回来？"

"你当我不晓得？预审科通知我去拿被子。是不是又去找海蓝了？"

老杆子真急了："骗你是婊子儿养的。我去鸡鸣酒家吃小笼包

子了,后头又去清泉搓澡,睡了一觉……"

三嫂子笑了:"没得事就好!"

三嫂子说没事还真有事,老杆子事情远远未了。

除了周三下午老杆子要去预审科重新交代一遍一周动向,隔三岔五,家门口派出所总有人来问话,还烦啊?平时打麻将推牌九喝酒的朋友吓得没得一个敢上门。

人是放出来了,其实跟里面区别不大。要过元宵节了,南京人都忙着去夫子庙看灯会。

墙上的挂钟已经四点多了,老杆子准备去夫子庙吃小吃、看花灯,也顺带在秦淮河边放一盏荷花灯,祈求好运。

收拾得妥妥当当,老杆子正要和三嫂出门,公安员来家了。干么事?说严打期间,要注意新动向。要张四十过完元宵节去分局预审科报到,惹得老杆子一头火,也不去夫子庙看灯了,收拾好铺盖卷,三嫂子找了辆三轮车,一阵去了预审科。一进门老杆子把被子往地上一铺,倒头便睡。公安员上去把他拉起来:"这是你睡觉的地方吗?"

"你们传我来,不在这块睡还能到哪块睡?"

"张四十,你不要无理取闹,妨碍公务!"

"老子是配合你们公务,省得费事,反正饭碗被砸的了,又不能出去找工作,这里离水西门又远,每星期还要来报到,干脆就在这块安家吧。"

公安员也想早点儿下班去夫子庙看灯,看着表:"蛮急死走,下班了!"

三嫂子一听，高兴得屁叽叽的，抱起被子说："走吧!"

老杆子来劲了："不走！听他的意思我是无理取闹！搞清楚，是哪个传的哪个？他嫌我碍事，我蹲角角啦阿行啊?"

公安员："你头子，你狠！从今天开始不用来报到了!"

"走就走！"老杆子搂着三嫂子的粗腰，哼着钟镇涛的歌，只是将歌词改了一个字：

不知道你现在过得好不好，

是不是一样没烦恼，

像个大人般的恋爱心情糟，

请你相信我在你身边别忘了，

只要你过得比我好，

死得比我早，

什么事都难不倒，

一生到老……

十六、为朋友两肋插刀

麻子麻,上天爬,爬上天,做神仙,神仙放个屁,把马子冲下地,地上一把刀,把麻子戳得烂糟糟。

——南京童谣

第二天是正月十八,南京习俗"走白病""踏太平",就是要走城头。老杆子和三嫂子吃过元宵,就从水西门到集庆门,从那里上了城头,沿着城墙往南,从城墙拐弯处往东,顺长干巷一直走到中华门城堡,老杆子目的是要走掉霉运,带来好运。之后下城墙到夫子庙观灯。几年来,老杆子夫妻是陡门桥掉筷子——两头忙。陡门桥一带都是竹器行,专门卖筷子,那里卖的筷子两头圆,都可以用,所以比喻人忙狠了。现在总算有了喘口气的时候。

再说那几个自告奋勇的二杆子早就没得事了,海蓝的哥哥本身也是苦主,经过教育也放了。只是海蓝和老弟兄操子要判刑,多少年难说。老杆子以"大团结"铺路,找关系,请律师,多方打点。最后有人带话,关键在死者家属,做通工作,民不告官不究阿懂啊?老杆子得到底牌,于是想法子去找死者老婆,无论如何也要把兄弟姐妹捞出来。不捞他们出来，寝食难安。他四下打听，皇天不负有心人，还真让他找到了被害者的家属。苦主的老婆和一个上小学的儿子，就住在中华门的陈家牌坊那半边。

老杆子毕竟说话不硬铮，央求海蓝哥哥一阵去。这位仁兄倒好，说他是受害者，回得干干净净。

老杆子横竖横、里外里，买了五斤桔子、五斤苹果和五斤香蕉，硬着头皮抖活活去敲苦主家门。

给他开门的是一位三十多岁的女人。老杆子一进门就把水果放在供桌上，对着死者遗像连鞠了三个躬，然后直截了当说："我就是鸭子厂厂长，想请你高抬贵手，反正人死不得活，我老弟兄操子的老婆癌病死了，他再抵你家丈夫一命，你说他家里头两个小炮子怎么办？"

苦主老婆用毛巾垫在下巴上："他家两个炮子子怎么办？我家还有个炮子子你怎么说？"

老杆子："好说，两个也是养，多一个还是养，我带你养！"

苦主老婆："我看你这个人满胎气，就是二五郎当的甩子，这几天牙疼，被你狗日的一气，我的妈哎，疼得要命了！"

"我哪块说得不对，让你来火？"

"你算老几？我要你养？你是他爸爸？"

"我的意思是抚养费我来出！"

"给我闭嘴，再说我刷你！"

老杆子听话音不对，也不吱声，连忙掰下一根大香蕉，剥开皮子伸了过去。女子一巴掌打掉地上，老杆子头稀昏。

"我是看你人不错,不瞒你说,我还要谢谢你,帮我一个大忙。"

"帮我一个大忙?"老杆子越发呆了,云里雾里,不知怎么回事。

她指着男人的遗像:"你好好看看!"

老杆子仔仔细细看了两遍,摇摇头。

"你个呆货,看看是哪年的?"

老杆子再看,还是没有发现蹊跷。

"遗像上的死期是两年前的,这有什么问题吗?"

"那是因为这个人两年前就死了!"

一句话把老杆子听得汗毛竖竖的:"两年前就死了?"

"对!我家那个死鬼,就晓得搞女人,结婚十年,他在外搞八个,我都被他气昏多少次,打过几十架都有,干脆被我一脚蹬出家门,从那天起,我就把他遗像挂上了,对娃儿和亲戚朋友讲,这个人已经死得了。到外面租房子住。作孽啊!人家女娃才十六七啊,你算替我除害了。"

"啊!"老杆子恍然大悟,这个男人在这个女人心里已经死了。

"那以后的事怎么说?"

"好说,你胎气我也硬铮,桥归桥路归路,我不告了,随法院判!"

老杆子做梦没想到是这样结果,弯腰四十五度,"我代表老弟兄谢谢!"说完大皮包里倒出一堆钱,有一块的五块的十块的,一看就是凑起来的。

老杆子："你数数，这是两万块钱，全当补偿了。"

女人一挥手："用不着数，我信得过，走吧！"

老杆子不太相信，怎么可能？不赔几万十几万能摆平？

女人说："哪个婊子儿骗你，你可以'踋'了！"

"踋"是南京土话，就是快走的意思。

有句俗话，叫"南京大萝卜"。意思有点缺心眼，呆了巴唧，稀大流缸。这个词是南京人嘴边上的常用语，应该是系大溜缰。系是勒马嘴的绳子，勒紧马缰绳，马就不能瞎跑。不约束马，马就宽松，就可以随意而行。因此南京人把随性随意的人称作系大溜缰的。至于是不是这个意思，见仁见智。大萝卜还有明知吃亏还要做等多种意思。南京人奇怪，不以"大萝卜"为辱，反以为荣，动不动还自负地来一句：多大事啊！

人命关天，摊上这种事，不死也脱几层皮，没想到被苦主轻轻抬手就放过。你说是不是大萝卜精神？

老杆子胎气并不在此，关键在于老弟兄的两个儿子，他都养下来，包括上学和生活费用，充当了监护人的角色。一年之后，海蓝如期出狱，把两个侄子带回家，这是后话。

十七、个体户

老头老头没得裤头,老太老太没得裤带。

老头老太,古里古怪,不吃萝卜,就吃青菜。

——南京童谣

看着操子的两个儿子,再想想老弟兄和老姊妹海蓝还被关押,老杆子就睡不着觉。于是他找到范律师,吃吃喝喝,两人交成酒肉朋友。范律师有点像旧时的师爷,点拨老杆子上下打点,最后法院宣判,海蓝被处以一年徒刑,关在娃娃桥监狱服刑。老弟兄操子以"误伤人命罪"被判处七年徒刑,关在句容监狱。

等腾出空来了,老杆子也没得什么事了,找建筑公司领导麻烦,和律师事务所范主任合伙,干么事?要打官司。

鸭子厂效益好,引起当时的一种流行病,就是"红眼病"。公司总经理看鸭子厂承包期没得到,正在想个理由把老杆子换掉,正好老杆子出事了,蛮急张贴告示,出了红头文件,把老杆子厂长免职,老杆子的人撤的撤免的免,任命自己的小舅子做了新厂长。一遭变故,老杆子的泥饭碗就被砸得了。

老杆子是立下军令状交了保证金的，鸭子厂自负盈亏，完成了利润，而且公安局已经认定，误伤人命案件与老杆子没得多大关系，合同期未满，公司的决定自然违反合同法，老杆子要求赔偿。

公司领导兴得一头核子："吓人吧啦的。我们没找你，你还来找后账呢，你被逮进去，那么多人总要吃饭吧？都有家有口的，我们要对那么多工人负责！"

老杆子唱白脸："我没得被逮进去，是审查，现在'萝卜头儿'（就是公章）在我这块儿，老子还是厂长！今天就要上班，不然……"

话未说完，一把拎起领导的衣领，挥拳便要打，其实不得打，是他和范律师排演的一出戏。

范主任急忙抱住老杆子，其实在唱红脸："君子动口不动手，我们是法治国家，请公司领导也要注意，张四十同志是被冤枉的，公安局已经赔礼道歉，你们再乱说，是要赔偿受害者名誉损失的。第二，张四十在承包期有权安排人事，总公司无权干涉，更不能随意换人，张四十被审查期间，已经有工作安排，由厂子里张会计负责，你们非法接手，是不懂理不懂法的表现！"

老杆子神了："霎以为老子大老粗，有细的在这块，你们先无理无法，就不要怪我。要来邪的，老子带一帮弟兄，把你狗日安排的人打走，一九一八阿懂啊，占领东宫；要讲理，我们去法院打官司。"

范律师说："先礼后兵。"

公司领导一下子就软了："我们也是老插子，老弟兄，有话好说，谈谈噻，有什么条件可以谈。"

老杆子还拉硬弓:"谈可以,我还是厂长,先让你小舅子滚蛋!"

公司领导说:"这一年多,凭良心说,你干得不错,当然,出了这种人命大事,影响太坏。鸭子厂厂长带一群鸭子把人踩死,是不是难听?"

老杆子一巴掌刷过去,打得领导转了个圈子,捂着脸喊起来:"你敢打我!"

老杆子挥起拳头:"再瞎讲我杵你个×养的,法院见!"

领导顾不上脸肿,急忙拖住老杆子:"不急不急,别走别走。"

"还有什么事?"

领导掏出烟递给老杆子,给他点上火:"再呱呱。天雾燥,我也不冷静,什么条件可以谈。"

老杆子执意要走:"我跟你呱什么玩意头?"

范主任拦住:"可以谈嘛,如果私了就不必花十几万去打这个官司了嘛。"

最后,双方在范律师的调解下,握手言欢。总公司除了归还承包押金一万块外,补偿老杆子五万元,律师费用由总公司出。老杆子交出鸭子厂公章。另外,老杆子依旧是鸭子厂职工,享受厂里一切福利。

老杆子伸手去裤子里掏出公章,"不就是要萝卜头吗?还给你,一个角都不得缺。"

说完拍拍屁股调脸就要走。

领导说:"都是老插子,抬头不见低头见,何必哩。这样好不好,给你办个留职停薪,你有亲戚专做鸭毛生意,路子也多,把鸭毛生意交给你,阿行啊?厂里头房子你还用,多少交点儿费用,是个意思。"

老杆子把香烟一摔:"行,你够味,我也不小儿科,就这么说!"

从那天以后,老杆子甩手掌柜当不成了,过去算给公家干,现在给自己干,苦是苦,挣的是自己腰包鼓,干劲自然不同,开心。鸭毛生意利润大,也是辛苦大,鹅毛一只原来二毛钱,老杆子改了,和鸭毛一样,统统改成一毛钱,不愿意做的就请走人,三条腿蛤蟆找不到,两条腿的人成把抓。

鸭子从买进宰杀到褪毛再晾晒干,一直到销售都必须老杆子自己亲自过问,处处环节干涩,全靠润滑油磨合,花钱铺路,老杆子从来就不信天底下会有不吃白菜的兔子,只要有票子,鬼也能推磨。拳打当面,棍要八方,逐渐打开路子,钱如涓涓细流,源源不断。于是,扩大规模,老杆子在外面又租了几个"槽子",属于行话,即仓库,收了许多毛放在里面,厂里是明,这里是暗,动手动脚,掺沙掺灰,加重分量,不行再洒上水。送毛时,好烟直递,再塞几个。过磅员手往旁一滑,再多算几个点儿,里外里都是利。但也有蚀本的时候,做毛生意,尤其怕连阴雨,毛堆在仓库里,捂得发臭发霉,绒就糟了,所以每天都要翻晾,气味难闻不说,成百上千斤,都要翻一遍。

下雨不好玩,天晴更不好玩。两天不翻库,鸭毛会发热,不成猴子耳朵,眼看做毛的生意走下坡,没得三十二公分的膀子还真不行。干了不到两年,当时做生意人口号是万元户,老杆子已是十万元户。

老杆子隔三岔五与海蓝一阵去句容监狱,从南京中央门汽车站乘长途车到镇江下蜀六里桥,转乘下蜀长途车到亭子村,再步行六里路到湾山句容监狱,给老弟兄送吃的和日用品,一送七年,直到操子出狱为止。

出狱不久,操子不好意思再麻烦老杆子,一家人回麒麟门去了。先头几年还有联系,后来城市扩建,两人也搬了几次家,就没有消息了。

老杆子自己做了几年的毛生意,吃了不少苦,也赚了个盆满钵满。

就在这时,水西门一带星罗棋布,又冒出来十几个做毛的小作坊,价钱更低,给的回扣高得吓人,与老杆子抢市场,于是老杆子做毛的生意开始走下坡。

在烈日炎炎的季节,老杆子赤个大膊,脖子上搭条毛巾,拿根长木叉子在槽子里翻晒毛堆,擦汗时突然发现毛绒里有亮光刺眼的物件,捡起来一看,是个崭新的打火机。一定是进货时被人扔在里面,天热万一发生自燃,引起火灾,救都没得法子救,想到此,大汗直往下披。南京人汗多,从来是披不是淌。

老杆子气得爆出一身脓头痱子,回家和老婆一说,不用猜就是那几家干的。

三嫂子说:"不要气,三伏天,气坏了划不着,收手算了,不赚辛苦钱。"

"那还能干什么!"

"活人还能叫尿憋死?"她掏出一盒子万宝路递给老杆子,"这是在二号路买的,现在都兴外烟,万宝路、希尔顿都好卖,不如做烟。"

"你说得容易,没得路子。"

"路子都是人趟的,去一趟说不定就有了。"

三嫂子比老杆子小七八岁,胆大心大。肩膀上扛得山,拳头上跑得马,也是不简单的女人。要是抗战时,不一定比阿庆嫂刷色。俗话说,夫妻一心,其利断金。老杆子于是收手,不做毛了,改做香烟生易。从跑单干开始,活跃在南京到厦门之间的千里铁道线上。

十八、走私香烟

钉子顶锅儿,淘米下锅儿,一把抓住那一个儿,嗨嗨嗨!

——南京童谣

老婆几句话让老杆子醍醐灌顶,脑洞大开。于是将做毛的生意盘了出去,开始倒腾香烟。开始阶段是去厦门往南京进"帝国炮",即外烟,跑单帮。

老杆子听人说鼓浪屿上外烟更便宜,还有黄碟子卖,于是就过海去了鼓浪屿。岛上风景美不胜收,游人如织。老杆子对风景不感兴趣,一门心思赚钱,哪有心情游山玩水?

他专门去鼓浪屿的小街道上溜达,想碰碰运气。果然,有个瘦干儿,穿花衬衫的年轻人凑过来借火,一阵浓郁的帝国炮味道直冲老杆子鼻子。

还是两年前,有个收毛的老板上门谈生意,拿出一盒金黄色硬盒子的烟,商标是外国字,老杆子认不得,拿起来就嘬,只一口,太冲了,就觉得脑袋发晕。

"没抽过吧,希尔顿!广州、深圳那边都抽这个,蛮摆!"

临走时摔下一条。之后老杆子和客户谈生意，只要掏出希尔顿，生意都好说。原来这已经超过过瘾的感觉，帝国炮是一种身份的象征。

老杆子问："希尔顿啊，有啊？"

瘦干儿左右看看："你跟我走！别靠太近，让条子跟踪。"

他们从大街来到小巷，巷子尽头有个二层小木楼，楼口站着一个矮墩墩的年轻人，一看就是个打手。两人一照头，楼口的矮个子从口袋里拿出一张"大团结"，递给花衬衫，之后，手指头一勾，让老杆子跟他上楼。这个小楼有年头了，楼梯走起来吱吱嘎嘎乱响，进门后，一个四十多岁的汉子，留着八字胡，脖子里带着小指头那么粗的金链子，手里拿着一只带铁链的螺丝刀，不断地转着铁链，螺丝刀跟着上下翻飞，斜着眼睛盯着老杆子。

八字胡问："要几条？"

老杆子："看了货再说。"

八字胡一努嘴，矮个子从床下拉出一个纸烟箱，撕开封条后，里面全是一条条排列整齐的希尔顿。老杆子撕开一条闻了闻，放下烟，站起来："我一条都不要！"

八字胡甩着螺丝刀："最少一条，不然你下不了楼！"

这时，从隔壁房间又进来三个身上刺青的壮汉。

老杆子知道，碰上黑社会了，不搞个你死我活，是不可能走的。于是说：

"都是在外混的，买卖不成仁义在，我掏钱就是。"

说着手就向衣服里头掏。八字胡依旧右手晃着螺丝刀："还懂

规矩!"

矮个子伸出手,嘴里还说:"放聪明一点啊,不然死都不知道在哪里!"

老杆子突然出一记勾拳,"砰"的一声,只一下,把那个矮个子打得翻着跟头,差一点上房梁,直直摔了下来,房间里的人都惊呆了,老杆子袖子一捋,招着手:来啊!

八字胡吹了声口哨,又有几个年轻人冲了进来,围住老杆子。老杆子掏出打火机,啪地点着了:"谁敢上把你们狗窝点了。"

八字胡知道碰上硬茬了,急忙喝住手下,拱着手:"不打不相识,今天交定你这个朋友啦!"

这一来,老杆子反而不好意思:"手重了,手重了,不作兴这样子。"

汉子拉过一条长凳:"请问大哥,为什么撕开烟就要走?"

老杆子:"不要哄,你都小五十了吧?我才三十多,叫我大哥。我抽了多少年烟了,你的货焦油味过重,一闻就是假的。"

汉子笑了:"你是行家,我给你真烟,一条有假,赔你十条。只是我这都是水货,就是走私烟,价钱稍微贵点,你回去每箱最少能赚四成。"

两下成交,一手交钱一手出货。

当年,只要走私烟,厦门站找人送上车,一般不查,但南京查。老杆子在列车上骗来骗去,每次从厦门弄个十来箱走私香烟装上火车托运走,自己随身带个三五箱外烟直接上火车,省了托运费,咣当咣当,一天一夜到达南京。转手赚一倍多,总还是个辛苦钱。

但是,最后的关卡是南京新站(即南京站,下关车站称为老站),对外烟查得格外严,逮到就罚款还没收。于是老杆子另找路子,在列车行驶到中华门站不远处,铁路由南向北要拐大弯子,再由西向东前进,列车鸣响汽笛声,减速慢行,老杆子提上车窗,找个草深树多的地方,一箱箱抛下来,下面有骑着"雅马哈"的兄弟接应。万宝路、希尔顿、三五等品牌,就流入长虹路市场。有时买到香烟盒子不规整的,皱巴巴的,都是摔的,这种烟只能降价处理。外烟利润果然大,供不应求,一个摊点几条烟,根本不够分。于是就加大进货量,一次要在十箱左右。在接近接货地点时,接应老杆子的兄弟们已经提前守着,列车开始减速,老杆子拉起车窗,将一箱子一箱子的香烟扔到窗外的草丛中。有时像羊拉屎一般,拖多长的。

这样一来,规模起来了,麻烦也跟着来了。住在中华门车站附近的活闹鬼,也就打起吃巧食的主意。掌握了老杆子的规律,按时按点埋伏在铁路两边,一般两人一组,只要有摔得较远的烟箱,扛起就跑,路边也是摩托车接应,跳上车就奔,来无影去无踪。货是进多了,但每次至少要被涮走一两箱。

一次老杆子实在气急了,从车窗里一跃而出,大声喊道:"小狗日的,不放下来老子蹬死你!"活闹鬼扛着一箱烟没得命地奔,眼看老杆子追到身后,活闹鬼才把烟箱使劲抛向相反方向,老杆子大口喘气,正庆幸没得破财,只见从那头又冒出一个活闹鬼,扛起烟箱就炮,这些狗东西显然是业余篮球队的,二过一配合玩得透熟,他们像老鼠戏猫一样要玩死老杆子,几个回合下来,老杆子只有干瞪眼,看着活闹鬼扛着烟箱消失在草丛中。

只得自认晦气。跑单帮,不好玩也不是事。做的时间长了,赚的只是两地差价,不合算。

1991年12月,南京奇冷无比,一家媒体爆出因天寒取暖,一天之内引发7场火灾的新闻。那天,老杆子从温暖如春的厦门回来,车厢里开着暖气,老杆子只穿了一件T恤衫,在列车即将抵达中华门时,车窗往上一抬,一股寒彻肌骨的凉气扑面而来,这时,老杆子想拉下车窗,再加衣服就来不及了,他只得将一箱子一箱子的外烟往外扔,一口气扔了十几箱,也不觉得冷了,只觉得身上疲乏得很,等忙完一切,也顾不上三嫂子给她端上的热气腾腾的菜和酒,连衣服都未脱就要睡觉,三嫂子让他喝几杯酒,吃个鸭子腿再睡。老杆子只说了一句:"吃三头猪不如一个呼……"之后便呼声连天睡着了。

一觉醒来已是第二天中午,感到半边脸上发紧,照镜子一看,坏了,左边脸全肿了,嘴歪眼斜流口水,急忙叫三嫂子,嘴里发出的全是含混不清的声音,听不出在讲什么。

原来他是在冷热环境作用下,再加上紧张、疲劳,面瘫了。于是,三嫂子天天陪他去汉中门省中医院针灸,又找了民间偏方,用鳝鱼血来洗脸,折腾了三个多月,才逐渐恢复。

一天,有认识的老板找上门,说:"你这样来回跑还是吃辛苦,我给你两箱假外烟你卖卖瞧。"

老杆子未免心里打鼓,假烟怎么给人家?

对方两个手指头捏捏："便宜点儿，卖完来找我。"

一点儿不错，假货好卖，基本上都是各县做烟的来进货，价钱合适，别人四十一条，这边只买三十八，三十块进价，总之有得赚。逐渐的只要老杆子刚拿来货，就有人等着买，出去的钱一刻儿工夫就回来。时间一长老杆子熟门熟路，知道货源来自句容一带，也有浙江的，什么品种都有货。于是花了二十万买了一辆白色桑塔纳200，带着司机找到源头的作坊，谈好价格，再租一辆八吨或十吨的大货车，堆得满满的。货好买，路难过，主要怕路上出事，每次进货都要动动脑子，从哪条路去，走哪条岔路。次数一多，沿途关卡人员活动的规律都摸熟了。进货一般前面是桑塔纳开道，后面一公里以后才是大货车，这完全要与稽查人员斗智斗勇，前车一旦发现稽查人员，立即用对讲机通知后方停车，后面大车装作车出毛病，停在路旁"修车"，等前车发现卡子上人员吃饭或休息，瞅准时机通知后车，再由老杆子等人缠住稽查人员，大货车便迅速闯关，绝尘而去。只有二十多分钟就到江苏宜兴境内，铁路警察就管不到这一段，再撂下几条"帝国炮"，就大差不差。

等天擦黑回到南京城西二号路，就是原来的二道埂子，后来修建成莫愁湖东街，也就是烟贩子口中的"二号路"，早有各县进货的烟贩子排队等货，搬下来再分散搬到各小面包车上，老板娘忙着点货收钱，日进一二万都是小菜一碟，一到晚上，小酒一喝，两口子对着数一沓子一沓子的大团结，真舒服啊。

聚沙成塔，集腋成裘。财富迅速积累，老杆子的荷包再一次要被撑破了。

不过，常在河边走，哪能不湿鞋？

十九、走麦城的时候也有过

大头大头，下雨不愁，人家有伞，我有大头。

——南京童谣

一天中午，老杆子白色桑塔纳在前，两辆大货车在后，迤逦而行，左首青山满目，白云飘飘，右首波光万顷，烟波浩渺，进入浙江长兴县境，顺太湖前行，金风送爽，不觉心旷神怡。

临近苏浙两省交界处，老杆子思想高度紧张，用对讲机让后车放慢速度，不远处就是长兴检查站，提醒后车上的人格外小心。前车缓慢通过检查站时，老杆子摇下车窗仔细观察，发现里面有人趴在桌上午睡，庆幸运气太好了，立即通知后车快速通过。哪个晓得就在大货车离检查站二百米时，拦路杆突然落下，斜刺里闪出十几个大檐帽，一字排开，小旗子一挥，示意路边停车。

老杆子心里一沉，暗暗叫苦，硬闯是过不去了，只得让司机刹车，打开门下车急忙迎上去。为首的大檐帽过来，笑容可掬，客客气气，还敬了个礼，问：

"车上装的什么？"

老杆子慌忙掏出万宝路，递烟上去，掏出打火机给他点上，神情自若："办公用品。"

大檐帽笑笑："不会是万宝路吧？"

"万宝路？还路路通呢，不可能的事！"

"是不是，看一下就知道了。"说完，领头的大檐帽手一挥，"开箱检查！"

几个大檐帽爬上车，熟练地先割断绳索，划开箱子，拿出几条烟得意地大喊："是希尔顿！"

为首大檐帽有点失落："掐指一算，怎么会不是万宝路？"

老杆子忙问："什么意思啊？如果是希尔顿，怎么说……"

"希尔顿我就赌赢了，说不定放你一马……"

"只当是希尔顿吧。"

"什么叫只当？我和他们打赌我输了！"

老杆子一听有门，连忙从屁股后荷包里掏出一沓子钞票往大檐帽手里塞："输了算我的。"

"你这叫行贿！"大檐帽立马翻脸，"车与货都查扣没收，开到停车场去，你们可以走了，十天后听通知到这里来接受处理。"

老杆子死皮赖脸："我们再呱呱……"

当即上来几个人，推他们出检查站。

老杆子急了："你再推一个瞧瞧？"

为首的大檐帽："推你？你以为这是你们江苏啊？影响公务人员执法你知道是什么性质吗？"

老杆子没的脾气，只得出了检查站，找个树荫下面坐下来，一个劲擦汗，愁肠百结，没得法子可想。

这时，马路对面挂着"十里店"的一家饭店的门帘一挑，一个扭着杨柳细腰的女招待，袅袅婷婷地过来：

"老板，吃饭了没？我们家有新鲜的太湖三白，还有六十年古越龙山。"

老杆子骂道："酒厂才十来年，你有六十年的酒？"

杨柳腰笑了："老板，弗要生气哇，刚才的事我都看见了，你来我店，我告诉你讨烟要车的办法！"

"你有办法？"老杆子将信将疑，反正跑了几小时，五脏庙也叽里叨咕，于是站了起来："你要骗我不给饭钱！走！"

老杆子领着马仔、司机等，随着杨柳腰，走进了马路对面的路边饭店，上了二楼刚坐好，杨柳腰笑吟吟地说："先交押金再吃饭，一共八百块。还包括信息费。"

老杆子气得发昏，"饭店收信息费？狼心狗肺，整个×你妈的十字坡。"

"你不要骂人。不认字啊？什么十字坡，看清爽——十里店，到你们江苏地界正好十里！"

"老子不吃了！"

"吃不吃随你，请出去。我们老板不在家，去宜兴了，要晚上九点才回来。"

"这跟你们老板有什么关系？我是跟你问讨货要车的办法！"

"对啊，"女招待故作神秘，左右看看，其实就他们几个人，她还要咬耳朵，老杆子双手直推：

"耍摆味儿,没得外人,好好讲话。"

"我们老板和检查站站长有关系,是一块布剪的两件衣衫,你说要不要等他回来?"

一句话,老杆子立马坐下来,原来老板和站长是连襟。于是拉开老板包,拿出一沓子大团结,噗噗两声,大指拇头上沾上唾沫,十张一数,整整数了八十张交给杨柳腰。只是把古越龙山换成了52度的洋河酒,慢慢吃慢慢呱。吃完饭又借了一副麻将,稀里哗啦洗牌打牌。

直到半夜,饭店的老板终于现身,都是老套路,台词背得溜熟:"要车要货不难,看你舍不舍得放血。"

到这个节骨眼,还有选择?大卡车是租来的,一天就几百块,还有两车货就是好几万。

老杆子说:"只要拿回东西,放条腿给你也不是不可能。"

老板笑了:"我是中间人,一手托两家。也不会罚得你伤筋动骨,他那里只要交代得过去,行不行?"

老杆子说:"上屠宰场了,脖子伸着,横竖横,有什么行不行!"

老板让杨柳腰叫来检查站站长,背着老杆子,私下一比划,捏好了点子,来见老杆子。

站长手里拿着计算器:"这两车货少说六百箱,每箱五十条,一条十盒,每盒烟算你挣两毛,一条两块,一箱五十条一百块,六百箱赚六万块靠得住,罚四万块,交钱就走人。"

"能不能再商量?"

"过半小时再加五千!"

俗话说,强龙不压地头蛇。在人矮檐下,不得不低头。老杆子一跺脚:"钱是鬼孙,赔了再拼!"当下交了四万块,连夜再往南京赶,到家天快亮了。

这一趟花钱费力白忙一场。老杆子突然明白了,检查站长、饭店老板等是穿一条裤子的,按现在话说都是整个食物链上的一个环节。没有倒烟的,就没有检查的,也就没有开饭店的,更无中间拉皮条的。都要吃饭,都要生存,这洼浑水深了去了。不管怎么说,只要不被当成啃地皮的麻虾就行,生活还要继续。

二十、生死时速

大风车，小风来，去到雨花台，吃碗面，再回来。

——南京童谣

随着老杆子生意的扩大，名声在外，制造假烟的作坊纷纷主动找上门来。老杆子这才知道制造假烟的窝点不但浙江多，江苏本地也不少，徐州、淮阴都有，甚至在离南京不到50公里的句容县就有，做假"红塔山"最来钱。

于是，老杆子开始舍远求近，转移阵地。

初冬季节，老杆子从句容弄了辆五吨的江淮车，拖了七八吨假烟，摞多高的，趁着傍晚，天上还丢点子，就是下小雨，从句容绕道淳化镇，七拐八绕，差点压翻一座石桥，终于有惊无险来到南京南郊的岔路口，前面有个检查站，只要能过了检查站，再有一个钟头就可以到家了。

就在快到岔路口的时候，老杆子远远地看见路边有个木桩，正奇怪怎么原来没注意呢，待到跟前，木桩突然动了起来，是个人，穿个黑雨衣，手臂前伸，手里拿着一个圆牌牌，上有一个

"停"字。

"我×你三爷!"

原来是个穿雨衣的交警,真是冤家路窄,老杆子交代司机慢慢刹车,但脚搭在油门上不要熄火。拉开车门跳下车去,掏出几张"大团结"杵过去,反正天黑,左右无人。

哪晓得这个年轻的警察是个实习生,主动代人值勤,又太认真,坚持要老杆子熄火停车,接受检查。

老杆子真烦不了了,挥拳将小交警打倒在地,转身跳上车,一踩油门,大货车直冲而过。

与此同时,巷子里面警笛刺耳,一辆闪着红灯的面包警车冲了出来。老杆子命司机从四十码加到六十码。那时还没有高速公路,马路被大货车压得坑坑洼洼,高低不平,两人在驾驶室中东倒西歪,还是没得命往前奔。警车也紧随其后,喇叭一个劲地喊:立即停车。

老杆子也是拼了,一连声让司机快、快快快。警车不离不弃,两车上演一场美国大片《生死时速》。幸亏路上行人稀少,不然非出大事不可,眼看到七桥瓮。

七桥瓮是明代遗留下来的南京地区最大的青花岗岩建造的石拱桥,有7个桥孔,全长近百米,桥两侧还有16只螭首兽头。过了七桥瓮,再往前就进市区了,疯狂的车却慢了下来。原来司机吓得瘫了下去。警车加速绕过货车,挡在路上,连人带车,一直押到交警大队。

任凭老杆子说出个大天,交警只是说:想要车是不可能,等候处理意见吧。

老杆子掏出砖头一般的大哥大，给老情人海蓝打电话。

原来，海蓝出了监狱以后，也离开了鸭毛厂，在此期间的工资，由老杆子私人掏腰包，照发。由于自己家哥哥的事，牵连了许多人，海蓝也不好意思再找老杆子，去了花木公司。岁月蹉跎，成了明日黄花，后经人介绍，嫁了一个死了老婆的老交警。

老杆子之所以敢让司机冲卡，原本打算只要能到老交警的地盘上，总能摆平。

海蓝义不容辞。老交警经不住海蓝的枕边风，答应去找他的徒弟大队长通融。

常言说：一日师傅终身父。师傅和现任胡大队长一说，没想到胡大队长拿桥，死沽要严肃处理。

师傅也是急了："我看你傲得像个地保一样，搞得不得了啊！"

这话怎么说？原来胡大队长还在考察时，有小辫子抓在师傅手里头，老交警的言下之意，你非要让我回家没得日子过，那你就不要怪师傅让你受罪。

都是在社会上混的，一听是这种关系，自然也不好再打坝，胡大队长说："不是你的面子，张四十就摊上大事了，打执法人员，大檐帽打到地上，太不成猴子耳朵了。"

"是的，这回子豁子玩大了，但是，放心，下不为例。"

大队长发话了："让张四十来找我，栀子花茉莉花，是那个意思就算了。"

老杆子就在大三元摆了一桌子，海蓝两口子、大队长、实习小交警都请来,当场向小交警赔礼道歉,送上一千块医疗费,并交罚款一万元,两下不打不相识,算和拉倒,皆大欢喜。

老杆子回家给老婆一说:"多大事啊,一句话,没得事了,你看着办。"

老婆臭他:"还摆呢。你一句话吧,我没的一万块……"

老杆子急了:"钱是什么?龟孙,你把钱看得比磨盘大,那你抱着保险柜睡觉吧!"

海蓝也不食言,暖好被单筒,两口子还接着要"趴地虎"不提。

二十一、抱着大队长要跳楼

你妈头,像皮球,小鹿纯子来扣球,一扣扣到三牌楼,三牌楼,卖皮球,卖的都是你妈头。

——南京儿歌

第二天一清早,按头天晚上约好的时间,老杆子就来到胡大队长办公室,带着罚款一万块钱来见胡大队长。心想今天事情办妥,说不定还能跑一趟句容,吃吃辛苦,就能把罚款的钱再赚回来。

他三步并两脚上到二楼,门上都有字牌,就直接来到了胡大队长办公室。姓胡的正在抽香烟,老杆子打了声招呼,直接走到大队长桌前,拉开抽屉,一条万宝路就摆进去,手还没来得及抽出来,抽屉就被关上。老杆子手腕被夹得"哎呦"一声,大队长拉开抽屉,老杆子抽出手,大队长把烟拿出来摔在桌上。

老杆子揉着手腕子:"什么意思啊?"

"你说什么意思?"

"哎,昨天晚上不是吃好了吗?"

姓胡的变了脸:"你以为一条烟就摆平了?你一车假烟赚多少?这个结不结案我说了算!"

老杆子赔着笑:"别发火,有话好说。"

"不好说,不是我不给面子,哪个叫你先找我的前任?"

"他不是你师傅吗?"

"亲老子也不行,你不先来找我,先找他把事办了,那你找我干么事?"

"胡大队长,那你说现在如何办?"

"公事公办,罚款五万,车子扣半月,在《扬子晚报》公开道歉!没得商量的。"

老杆子明白了,这个家伙吃味了,翻脸不认人,把路子堵死了,再找海蓝的丈夫怕也摆不平了。想到这里,脸上依然带着笑:"那好,按你说的办。"

大队长依然是二郎腿:"不上路子,拿着烟蛮急走!"

老杆子突然发力,单手一拽,把胡大队长拉起来,之后迅速搂着腰,抱起来,一脚蹬开窗子:"让老子走?老子带你一阵走。不让老子活了,老子也不让你狗日活,一起跳楼,做鬼也带到你!"

胡大队长脸色刷白,腔都变了,手扒到窗框:"放开,有话好说。让人看见就不好办了!"

"少废话!先把你个狗日办了再说。"

"什么事都好说,我的意思是你直接找我,要不要罚款,罚多罚少,我说了算,面子不能给他!"

老杆子松开胡大队长，一把推倒椅子上："你要再和老子玩屁儿汤，老子就跟你玩狠的！"

"不打不相识，我们是朋友，钱和烟摆这块，有事直接找我！我们是朋友，我师傅不是好东西，压我多少年，一个过气的老头，蛮急退休了，你找他干么事？"

"你早说啊！"

江湖险恶，就不知道哪块有险滩、漩涡，老杆子过的这种惊涛骇浪的生活，权当故事听听，真要身陷其中，除了有胆有识，敢打敢拼也是需要拿捏得到位的。

常言道，只见贼吃饭，不见贼挨打。虽然生意路上坎坎坷坷，酸甜苦辣，但假烟带来的巨大利润，也使老杆子的荷包越来越鼓，像滚雪球一样越玩越大，不经意间已经是百万元户。

人都没有前后眼，当年南湖一带，已经是南京城外，是下放户的集中地，全搭着披子（油毛毡）和简易房，后来政府改善居住环境，拆了披子，盖起五层楼房，一套中套房，撑死也就二万块钱，无数下放户长吁短叹，望楼兴叹。老杆子感慨，不说多，买个八套十套房子也就是走一次假烟的事。

那么，玩命赚来的钱都干什么用呢？

老杆子和老婆在二号路开了个门市部，专门卖烟，后面有仓库带住房。每天傍晚，都有丰盛的晚餐，卖给别人的烟酒是假的，自己全吃好的抽好的。一台14寸彩电，一条街只此一家。晚饭过后，夫妻两个坐在沙发上，等着看周润发和赵雅芝的《上海滩》，熟悉的音乐一响，老杆子也学鸟语，开口主题曲；

浪奔

浪流

万里滔滔江水永不休

淘尽了

世间事

混作滔滔一片潮流

是喜

是愁

浪里分不清欢笑悲忧

成功

失败

浪里看不出有未有

爱你

恨你

问君知否

似大江一发不收

转千弯

转千滩

亦未平复此间争斗

又有喜

又有愁

就算分不清欢笑悲忧

仍愿翻百千浪

在我心中起伏够……

　　你不要讲，老杆子虽然是个粗胚，但音乐细胞一泛滥，还真唱得不错。恍惚间，老杆子觉得自己就活在歌词里，那个威震上海滩的许文强身上，似乎也有他老杆子的影子。

二十二、九月春

一磨金,二磨银,三磨四磨打手心,张打铁,李打铁,打把刀,送姐姐,姐姐留我歇,我不歇,我在张家学打铁。

——南京儿歌

只要听到老杆子的歌声,二号街上的好佬、活闹鬼、打流混世、无儿带鬼纷纷找上门来,干么事!以买烟为借口,撩他出去,干么事?还能干么事!骗他花钱呗。

"四哥,歌唱真是味。出去玩一刻儿?"

"上哪块玩啊?"

"水西门里新开一家'九月春'卡拉OK,唱唱歌去。"

老杆子开始不去,架不住人多嘴杂淌嘴薄皮起哄架秧子,老杆子斜着眼睛偷看老婆:"不去不去,一刻儿要盘货。"

老婆清楚得一塌:"装得和真山一样,蛮急奔,死走死走。"

老杆子压住内心喜悦,苦着脸说:"你们先走,我一刻工就来。"

"四哥"在这一带名气大得很,无人不知无人不晓。

这种被小杆子簇拥着当老大的感觉，老杆子觉得十分享受。他从柜上拿一条希尔顿刚要出门，却被三嫂子喊住："别走！"

老杆子命令小杆子："你们先去。"转过头低声央求，"给点儿面子，朋友喊几次了，老拿我呃味儿，怕老婆、床头跪、量床单，屁话多了。"

三嫂子板着脸："死形样，还量床单呢！"

老杆子被一群小杆子簇拥着，一路上有说有笑，便走进了"九月春"歌厅。

这是一家新开的歌厅，豪华装修，音响设备全是日本进口的，尤其是清一色的高挑身材的东北小姐，更像是一支特种部队。名字也怪，九月还春呢。

老杆子一进歌厅，两排小姐个个笑容满面，你拉我扯，个个殷勤，哥哥长哥哥短，前呼后拥进了最大的包房。活闹鬼们急吼吼地像饿死鬼，你争我夺。老杆子咳一声，都老实下来，一人两个，左拥右抱，四哥先挑，之后，小姐轮番上阵，陪唱陪跳，一曲唱罢，香烟撕开随便抽，水果随便吃，小姐乘机端出啤酒饮料坚果之类，有吃有喝有唱有玩，搂的搂、抱的抱、亲的亲。买单都是老杆子的，这种当大爷的滋味，按老杆子的话玩说，"爽得一米"。

一天，老杆子忙得一塌糊涂，来了个做毛的朋友非要请老杆子去一家叫"圣特"的洗浴中心洗把澡。老杆子推辞不过，坐着朋友的车就去了。

那天晚上，朋友开着车子，老杆子昏头日冲的，来到了一个十字路口,"圣特"就在右首,路西北。楼不高,只有二层,大堂里有中外各式洗浴,有泰式的,也有中国古典的,买好想要的样式后,当然是朋友请客,有人服侍,要脱皮鞋,换上拖鞋,然后进洗澡间,里面池子都不大,有中药的、香料的各种池子,泡完之后披上浴巾,还发个裤衩,就上二楼,早有年轻的女服务员,个个长得都不错,笑眯眯地站成一排……

老杆子问:"干么事啊?"

领班小姐笑着:"还能干么事?让你挑喜欢的按摩啊!"

老杆子挑了一个顺眼的,脱掉浴衣,躺在床上,她拉上帘子,一边往老杆子身上抹油,一边问:

"大哥,你喜欢我吗?"

老杆子直接怼过去:"不喜欢。"

"那你为什么不喜欢?我不漂亮吗?"

"如果不要钱我就喜欢了。"

她听完就说:"你这个大哥真幽默,你做生意不要钱吗?我离家几千公里,家里还有老人、孩子都要吃饭……"

老杆子也是同情心泛滥,突然想起春晚的白云黑土:"我不懂油麦,只知道秋波。"

"哦,是秋天的波菜吗?"

两个都笑起来。老杆子问她哪里的,她说四川的,家里穷又要给哥哥盖房子娶嫂子,不得已才出来干这个。她开始面对面地给老杆子按摩,细细的手,慢慢从上往下开始按摩,摸到胸大肌上,她说,"大哥,你这胸好大……"

……

欢娱嫌夜短。一个小时很快就没的了。

老杆子高兴了就围上浴巾出去,一看,朋友披个浴衣,正在外面吃夜宵,说:"差不多洗洗走吧。"

老杆子说:"投胎啊,慌什么事!"

等老杆子穿好衣服走的时候,门口一排小姐还微笑着:"欢迎再来!"

川妹子个子低,站在最后一个,老杆子朝她笑笑,她却没的表情,好像认不得老杆子一样。

二十三、推牌九

> 打一巴，哗啦啦，日本鬼子到你家，抠你伯伯大脚丫。
>
> ——南京童谣

老杆子有票子了，酒色袭人，不能自已，按他的话说是吃喝嫖毒加玩，包括玩虫子即蛐蛐、斗鸟、斗狗、打麻将、推牌九，什么都干，五毒俱全。

夜生活，晚上除了进歌厅，就是上赌桌，剩下就是看电视、睡觉了。

赌博的玩法有多种，最常见的要数麻将。麻将牌分万、索、筒3门，每门自1—9，各4张，另加中、发、白、东、南、西、北各4张，共136张，后又增加花牌、百搭。4人同桌，每人13张牌，谁先合成4组加一对牌，谁算赢牌。

这真是了不起的一项发明，绝对是诺贝尔奖的水平。它一问世，就让中国原有的或者说是所有的那些带有艺术性的娱乐方式相形见绌。风头之劲，让昆剧、京剧、电影、养花、种草观鱼、赏鸟，统统自愧不如。梁启超不是大才子吗，自称嗜书如命，但他不得不承认,只有打麻将可以让他忘了读书。

胡适先生认为中国有两大恶俗:一是嗑瓜子,二是打麻将。因为两者都最耗时间。但熟悉他的人最清楚,胡先生却是个地地道道的麻将迷。以上两位都是中国近代史上杰出的人物,也都提倡革除陋习,但偏偏自己身陷搓麻。他们都陷进去了,就不论普通老百姓了。当时有一句俚语很生动,也很贴景:一个中国人,闷得发慌;两个中国人,就好商量;三个中国人,做不成事;四个中国人,麻将一场。

麻将面前,人人平等。教授不一定就比目不识丁的文盲更占优势,一切都要靠运气说话。

老杆子不爱玩麻将,嫌坐得太久,八圈麻将没的一盘推牌九来得快。

牌九即骨牌,大约寸长。有牛骨镶竹子,也有木牌。最好的是象牙牌,又有叫牙牌的。

老杆子就有一副三十二张的象牙牌,是他老子的心爱之物。那年湘军攻入南京城在堂子街一个太平军的什么王府中得到这副象牙牌,辗转历经岁月,落到一个青帮弟子手里。此人做了老杆子父亲的徒弟,孝敬师傅的。这副牙牌后来躲过历次运动和破四旧风暴,传到老杆子手里,非常宝贝,轻易不让外人玩。来得小就用骨头牌,玩得吓人的时候才拿出来。

老杆子牌九玩得很来斯,赢牌秘籍也得老子真传。

他老子告诉他:他先用戥子,就是过去专门用来称金称银的小称,反反复复仔细称过每一张牌的重量,再拿在手中,细细揣摩牌九大小顺序:至尊、天、地、人、和,以及皇上、文牌、长

三、幺六、幺五、九七、杂五、杂八、杂九、虎头、短牌、杂牌，其中分量的微小不同，透熟到任何一张，拿在手里一掂，就能知道是几个点，是哪张牌，这个起码练了三年，这叫基本功，也是童子功。之后，再练手法，即洗牌时不停地换张，把自己想要的牌倒出来，变牌手法根本让在场平家瞪大眼也看不出来，在发牌时就能把自己要的大小牌对换，所以经常通杀通吃。听说当年戴笠掷骰子也是这个本事，所以想要几点就能掷出几点。

老杆子把三只骰子捏在手里，所谓锱铢必较，连最微小的分量也要能掂量出来，要保证想掷几点有几点。当然老杆子比他家父亲还是差了不少，但是就这一项玩牌九的本事，就可以在江湖上混了。

老杆子玩牌九玩得名气大，全得益于他家的这副牙牌，都是象牙的牙尖部位，就更为难得。由于年代久远，牙牌上面出现不少"雀丝"，即像一根根短头发一样的浅纹，还有包浆，就是牙牌经过人手把玩、岁月流逝在表面上形成的自然的光泽，非常珍贵。轻易不给人看，只赌万把块根本不拿出来。

只要是推牌九，老杆子是个硬腿子，来多大的都去，几乎从来没得失过手。

二十四、不是冤家不聚头

上海来个小瘪三,来爬南京紫金山,不走前山走后山,咕咚咕咚滚下山,打个电话一二三,来个医生猪头三,不行不行抬下山,一抬抬到清凉山。

——南京童谣

一天,民间推牌九的一位老手找到老杆子,说上海有个"小瘪三"来下战书,要挑翻金陵城里顶尖高手,特别指出要和水西门张四十过招,地点约在莫愁湖,时间是三天以后。

老杆子说:多大事啊!来就搞翻,输了我跟他姓。

果然在第三天,有个自称青帮大佬杜月笙大管家万墨林的小儿子万先生,一身名牌"金利来",一看就是一个小开,挟着大皮包专程从上海过来会老杆子。单看名片上的名头那是真大,不晓得是真是假。

两人在莫愁湖畔的胜棋楼大厅里过招。胜棋楼是一座五开间二层古建筑,建于洪武初年,重修于清咸丰年间。正门中间有棋桌,开轩湖光山色,景色宜人。遥想当年,朱元璋和徐达在此下棋,徐达将棋子走成"万岁"二字,朱元璋龙心大悦,将莫愁湖赠予徐达。后人将此楼称为胜棋楼。

那天沪宁两城推牌九的高手都来了,看热闹的人也有百十号。老杆子注意到人堆里有个白胡子老头,相貌奇特,与众不同,不知道这个人是从哪边来的。

万先生拿出了一副旧黄色的象牙骨牌,老杆子拿起其中的两块掂了掂,又放在鼻子下面,闭上眼睛闻了闻。

万先生问:"我这副牌是明末清初的,你有什么怀疑吗?"

老杆子笑了,拿出了自己的象牙骨牌:"上上眼,这才是那个时候的老东西,你那个不到代。"

万先生有点难堪:"你说阿拉的骨牌不到代,要讲出个道理让大家听听好勿啦?"

老杆子也不说话,从荷包里掏出一个塑料打火机,拿一块手帕垫在下面,手掌一按,打火机碎了,手帕上浸上了汽油。老杆子抽起手帕,在万先生的骨牌上使劲搓了两下,那副骨牌上的黄颜色褪下去,露出洁白的新象牙色。

接着,他把自己的骨牌递过去:"让你擦擦我的,别不舍得用劲!"

万先生脸上一阵红一阵白:"不用了。"说完收起了自己的牌。

"侬是主,阿拉是客,侬来坐庄,阿拉做平家,但不用筹码。"

万先生说着把皮包倒了个底朝天,足足有五万元人民币,都推到老杆子面前。

老杆子却有意要他好看,统统推了回去,拍拍自己带的公文包说:"我输了给你五万,你输了,钱不要,把你身上行头统统扒下来跳湖,不是真要你自杀,洗把澡回家。"

也就两根香烟的工夫,老杆子赢了。愿赌服输。小万先生脱得赤大膊穿裤头调头往湖边奔去……

万先生到了湖边,脱去身上"金利来"西装,拉开领子上"金利来"领带,解开"金利来"裤腰带,脱掉"金利来"皮鞋,用祈求的目光看着老杆子,一口上海话:

"朋友,帮帮忙,弗要再捣糨糊好勿啦!"

上海话捣糨糊和南京话瞎搞、脏搞意思差不多,也就有点像今天的"恶搞"。

老杆子大笑起来:"捣糨糊?哪个请你到水西门来作逼倒怪?活该!人家脱成三点式,你必须脱成一点式!"

就在这时候,有人出来拦住了万先生。

谁呢?就是那位观赌的白胡子老头,他一把拉住要跳湖的万先生,说:"不要忙着洗澡,我来代你翻本。赢了钱一家一半。"

"要是输了呢?"

"输了也不要你下湖,我代你下去洗把澡!"

万先生一想,反正是反正了,死马当活马医吧。于是白胡子老头拖着万先生二返头回来,两人站在老杆子的赌桌对过。

老杆子笑了:

"莫愁湖挖藕出新花头了,阿晓滴啊?"

白胡子老头笑了:

"小三子,不要装认不得我。阿记得啊,当年你拖鼻龙,在我家墙头外面挤油渣渣的时候,把我家墙挤倒了,还没找你算账呢。"

这里的小三子是南京话,是小孩子的意思,不是指排行。

老杆子头稀昏,哪块有这个事?真不能急了。不就再来一盘吗?啰里八嗦的,连小三子都出来了,搞什么搞?

老杆子掏出骨牌:"不要夹巴螺丝,一把头,你说下多大陪你下多大!"

白胡子老头说:"吓不死你,只有一个条件,用我自带的牌……"

说着拿出一副黑檀木的牌,32张牌,个个乌黑得像墨玉,闪闪发亮,精致润滑,一点儿不比老杆子象牙牌刷色。引得围观的人发出阵阵赞叹之声。

老杆子呆得了,听他家老子说过,如果有一天有拿黑檀牌的人来赌,不能玩。什么道理?乌云盖雪。

此刻,老杆子一见黑檀木骨牌,心里开始抖活儿。

"磨啊磨的,究竟来不来?一点都不刷刮。"白胡子开始激他,玩起心理战。

老杆子心里头打鼓:这个时候挂免战牌,以后在赌界还混不混?

"多大点事啊?来就来!输了我这辈子再不来牌九。"

老杆子也是个二胡卵子,木滴实固地答应下来。对方的庄家,一发牌,老杆子手一摸,就像摸在刚刚孵出来的小雏鸭,有一种毛茸茸的感觉。这下子歇得了,一注五万,一锤子买卖,老杆子五行不定,坐不住马鞍桥。

老杆子心里一点儿底气也没有,拿着牌往台面上啪地一拍,两张牌的点数,正好是"憋十",这是最霉最臭的牌,也是老杆子平生摸到的最烂的牌。运气实在太差了。

也就一刻儿工夫,老杆子的"憋十"就摊在台面上,输到白胡子老头手里。愿赌只能服输——认栽。在众人的哄笑中,老杆子脱去外衣,又脱去羊毛衫,赢家不喊停,继续脱,那一刻,老杆子成了莫愁湖露天舞台上的"脱星",脱得只剩一个小裤头。

万先生像打了鸡血一样,手舞足蹈,狂喊大叫:"再脱,一丝不挂,都脱光!"

白胡子老头手捻银髯,表情相当得意,仿佛也报了一箭之仇。

众目睽睽之下,老杆子左一脱,又一脱,袜子也脱,皮鞋(音:hái)也脱,脱成光葫芦。围观的人群中,淘气的男娃儿高兴地直喊:

"光屁股郎当,没得裤裆……"

老杆子身上的块块肌肉,就像健美的运动员,倒也不是太难看。

"跳!跳!!跳!!!"

在一片嘈杂声中,老杆子"扑通"一声跳下河,掀起水中浪花,惊出枯黄的残荷叶下的水鸭子,贴着水面扑棱棱向远处飞去。湖水一泡,西风一吹,身体健壮的老杆子不由得瑟瑟发抖。

他还在叫板:"多大事啊,几天没去清泉泡澡,在莫愁湖搓搓老裉(裉,音 kèn,用其谐音,污垢的意思),不错!"

万先生跟着"飞苍蝇"（就是跟着下注的意思）："侬老居！慢慢叫！"

白胡子老头发话："三斤半的鸭子二斤半的嘴，上来吧！"

上岸之后的老杆子，成了打败的鹌鹑斗败的鸡，胡乱地套上衣服，从荷包里掏出心爱的骨牌，对着湖面，侧身膀子一挥，两块骨牌像两只燕子，在湖面上蜻蜓点水一般，打着水漂，掀起阵阵涟漪，最后沉入湖底了。

岸上一阵啧啧之声。也有人感叹："可惜了……"

老杆子拨开众人，回到家里头蒙头就睡。那能睡着啊？头都快想劈了，什么时候挤塌过人家墙头？

哦呵，还真让他想起来了：小时候淘气，有一年冬天冷得伤心，家家户户房檐下都是挂多长的冰溜子。几个小孩儿冻得失去知觉，就倚着墙，从两边往中间使劲挤，这就叫"挤油渣渣"，嘴里还念："挤挤挤，挤油渣渣，挤出屎来摊粑粑……"（粑粑就是面糊饼）

老杆子等一群娃儿在大王庙外正挤得起劲，轰隆一声，半截子矮墙被他们挤塌了。

早年间，水西门外是有座大王庙，供奉的是吴王夫差。吴王夫差和南京有关系吗？答案是肯定的，水西门里的朝天宫就是春秋时期吴王夫差的冶城所在地，是南京主城发源地之一。夫差功德在民，所以被祀奉。但这座庙宇在1949年以后就再无香火，残垣断壁，庙顶见天，已经破败不堪。里面供奉的大王像也斑驳陆离，面目全非。老杆子厌得滴屎，还拿砖头砸过一只黄鼠狼。那

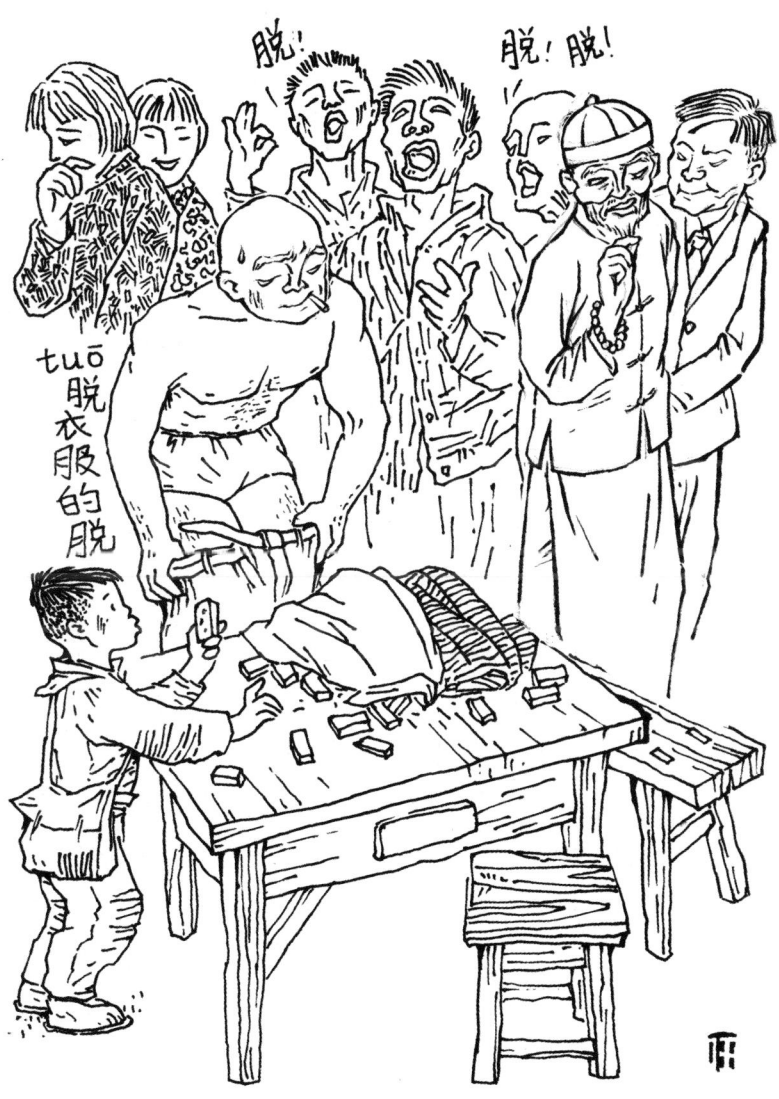

只黄鼠狼尾巴尖就是白的。那时，大王庙草长多高的，里面黄鼠狼歹呢。被砸的黄鼠狼钻进大王庙没了影子。

老杆子回家跟他家父亲讲了这件事，他清楚地记得，他家老子脸色都白了，告诉他白尾巴毛的黄鼠狼就是黄大仙。

老杆子心想：那个白胡子老头，说不定就是黄大仙，来讨债的。说句不作兴话，是人是鬼是仙总能碰上，出来混都是要还的，跑不掉的事。

从此以后，老杆子再不推牌九。别人撩他来一盘，他说："大丈夫一言既出，驷马难追！"

关于赌博输了这件事，老杆子说："多大事啊，玩多大的也不会伤筋动骨，就是不能干一种事……"

什么事？问他几次，都把话题岔开了。原来是说漏嘴了。

二十五、玩虫子

萝卜丝,烧肉丝,没得钱来不来斯。

——**南京童谣**

老杆子不再推牌九了。鬼转经,突然玩虫子。

老杆子讲的玩虫子就是斗蛐蛐。20世纪五六十年代的中小学生,男孩子大约都有这种记忆,也有不少用小铜丝编过三角小网子,在野地、墙后的乱砖头下,拨草丛、翻砖头,逮过蛐蛐,还会把三尾的油葫芦子当成大蛐蛐。

那时候,小把戏玩的东西多,兴趣也广泛,什么摔画片、玩纸烟盒子、打弹子、来牌、斗鸡都是常态。南京这种处处充满文化底蕴又做过京城的城市,斗蛐蛐也是有传统的。清代蒲松龄的《聊斋·促织》篇中说了这样一个故事:明朝成化年间,宫中盛行斗"促织"(即蛐蛐),华阴县一个叫成名的人为捉蛐蛐而发生的悲欢离合的故事。蒲松龄笔下最凶的蛐蛐是和癞蛤蟆在一起的"巨身修尾,青项金翅"的蛐蛐,后来又有一只黑赤色的小蛐蛐,是用猪鬃毛撩拨虫须,凡是天下进贡的蝴蝶、螳螂、油利挞、青丝额（都是蛐蛐名字）……都不是对手，成名因此得到田百亩、楼万幢，过上了轻裘肥马的好日子。

南京老人潘宗鼎先生，在1923年（癸亥）上元节前完成的，描写老南京时令风俗的《金陵岁时记》一书中记载："吾乡秋日有斗蟋蟀者，谓之秋兴。"

《金陵琐事》亦云："斗之有场，盛之有器，掌之有人，必大小相配，两家方赌，旁猜者甚多。"就是说，过去南京每到秋天，玩虫子是有规模的，有专门的斗蛐蛐的场地，有斗蛐蛐的器皿，有专门的管理人员，评估蛐蛐的个头大小，好在一个级别之中争斗，旁观者进行赌博，押宝在甲方或乙方的蛐蛐上。

南京城内斗蟋蟀的场所，一在老城南的门西，一在胭脂巷内的炳灵宫，一在彩霞街的仪凤茶馆。城北斗蛐蛐的场所，在妃巷内的双和茶园。开斗时间总在白露时节。南京有蛐蛐节，白露之前提前十天，街巷中遍贴小红纸条，上写：某某地秋虫开斗，旁注具体日期、时间与地点。于是养蟋蟀者互相传告，跃跃欲试。

到了开斗那天，参加斗蛐蛐的人都各带他们的"将军"即虫子入场。有人负责登记编号，并交纳一些保证金，这叫"交彩"，然后用戥子秤蛐蛐体重，有的重七八厘，轻的只有二三厘，秤后各用黄纸书明：第某号几厘几，封于盆口。从这时起，各个"将军"即处于临战状态。

正式开斗时，监场者高喊："某某号登场。"于是两只重量相等的蟋蟀，各由它们的主人送入"阵地"。那是一个小木盆，围以木栅，以防逃逸。虫子丢进木盆之后各据一角，监场者喊："起棚!"于是由主人以蛐蛐草挑逗蛐蛐,引之开斗。亦有请人代劳者,谓之"掌锅",但一般都是自己动手。两虫相斗,监场者称"交日"。有一两下就分胜负的,也有来往几十回合不分胜负的。这时也有些术语,如两虫打作一团,叫"滚球";两虫相抵而前爪都悬起的,叫"撑板凳"。一直要斗到一方抱头鼠窜,另一方振翅高鸣,才算定局。胜者都有一点"花红"(亦即奖品)。自然,不外乎金银花之类。以上只能算是预赛。寒露前,集全城预赛中的优胜者,再来一次决赛,最吸引蟋蟀迷。在决赛中,有以现金赌输赢的,每押一元的叫"一枝花"。记得最高的赌注是八十枝花。那时,一担米是老秤一百五十斤,价四元多,因此八十元可不是个小数字。但由于养蟋蟀者多是世家子弟,有的是钱,他们是不在乎的。决赛中的得胜者,有的还要设宴祝捷,鞭炮齐鸣;有的则携了他的"爱将"到上海城隍庙去"赶局"。那时上海城隍庙的春风得意楼茶馆,年年都有战场,赌注有高达千元的。

据说,善斗的蟋蟀多生于蔓草乱石的坟地之中,捕时必在黑夜,内行听其声即能辨其强弱。强者多与毒蛇、蜈蚣、癞蛤蟆同在一起,一不小心,就会被咬。南京以前有专捉蛐蛐叫卖的小贩,但无高品,高品只能自己去找。

其实虫子哪块都有,难得有好的,南京有句俗话:白露前后三天,瓦片下头还出将军。老杆子去逮蛐蛐的地方就是高桥门,带手电筒,用罩子捉虫子。

高桥门是南京明城墙外郭城十八座城门之一,城门外原来有明代一单孔青石桥,当地人称剩石桥,因此得名高桥门。

高桥门是南京东南军事要冲，清末至民国时期，高桥门逐渐衰败。1911年12月江浙联军在此与清军激战。1937年12月9日，日军第九师团第十八旅团三十六联队就是从此突破张灵甫团进入七桥瓮再攻击光华门的。野战炮阵地就设在高桥门内田野上远距离向光华门城垣猛烈轰击，死了很多人。那个地方当时很荒凉，夜里一般人不敢从那块过，城下都是被炮弹震落和炸飞的城砖以及长满荒草的坟堆，是虫子欢喜隐蔽的地方。蛐蛐的名字很多，什么红麻头、白麻头、金翅额、黑头褐翅等等。

老杆子一般夜里头一两点，披着星光出门。和偷人家东西差不多，躲在门口左右连望四望，确定没得人才走。

干么事啊？怕被人跟踪。逮个蛐蛐也不是"007"，还怕人跟踪？

不玩虫子的人就不得懂，还真怕被人跟踪，不是要跟踪逮蛐蛐的人，而是跟踪老逮家往哪块去，就能摸清在哪块逮，然后就在哪块下手。

老杆子是从他父亲那里知道高桥门的虫子厉害的，不过，逮虫子也不能随便逮，逮到别人的地盘上是很麻烦的事，不是打架就是摆酒，逮虫子的人就去请老杆子的父亲去中华门的"老万全"茶馆吃讲茶。

老杆子只在高桥门逮虫子，每天夜里起身，确认没得人埋伏在家门口，之后骑雅马哈就奔，一口气到高桥门，也就是下半夜两点多钟。之后屏住呼吸，竖起耳朵听哪里有虫鸣，循声过去，慢慢掀开老城砖，用电筒照，虫子怕光，一般不动，再用小丝罩子看准了就一下，装到竹筒里头。有时候虫子钻在洞里不出头，就用饮料瓶子装上清水往洞里头灌水，把它灌出来。运气好的时候也能逮两只，运气不好时，一连去几天也逮不着一只好的。逮到蛐蛐，回家之后上戥子称蛐蛐，要四点八钱重，也有五钱的，六钱的少。有的太大太重也不行，它懒，不想斗。也要饿一两天，双方重量要一样，就像同级别的，四点八不可能和六点几的斗。就像轻量级的不可能和重量级的拳手斗是一个道理。

二十六、斗蛐蛐

大头宝宝,下锅炒炒,麻油拌拌,筷子捣捣。

——南京童谣

老杆子玩虫子的故事还有呢。

挑蛐蛐很有讲究。逮回来的蛐蛐怎么知道好坏呢?首先要把全身青黄、头大脖子粗、须子长、六条腿健壮的蛐蛐挑出来,摆到清水盆里头洗澡,蛐蛐震动着小翅膀,洗去身上的灰土,捞出来喂两天,再让它先和别的蛐蛐试斗一下。

斗蛐蛐之前还要交尾,公虫叫斗二,母的叫三尾,就是油葫芦子,后头有三个尾巴。为了防止公蛐蛐涨精,在斗蛐蛐之前,斗二要"抢三",就是让它们交配。斗二的尾巴和三尾碰到一块堆,进行交配。

不懂的人可能问:这干么事啊?交过尾的蛐蛐哪块还有战斗力?

其实,不交尾才没得战斗力呢。但是也不能时间长,房事过多的虫子身体瓢,更不行。

交尾过的公蛐蛐从屁股后头掉出来一个小白米子，叫下蛋，就是精子，这时蛐蛐就要在板儿里要歇一两天，还想再找油葫芦子交尾，一到开打，见到别的公蛐蛐，以为要来"抢三"，战斗力就来了。

现在南京本地已经没得什么虫子了，二十年前高桥门、卡子门、江东门都有过好虫子，现在已经很少有什么风水宝地了，都是高架桥、高楼房，加上化肥农药，连蚂蚱、蚂蚁、蚊子都快没得了，哪块还会有虫子？

老杆子玩虫子上瘾后，听老玩家讲河南的蛐蛐身材高、方，很厚阔，是好品种。山东泰山地区的宁阳、河北的乐陵都产"猛虫子"，个头大，头型四方，也有长圆的，翅膀透亮，尤其须子长，牙点壮，后腿蹬得有劲，叫的声音清脆炸耳朵。梅花方翅是上品，因此，他专门开车子去收。大几千到几百块收个虫子，用葫芦或者竹筒装着带回来，当个璧宝。用放大镜慢慢瞧，全须全尾，一点儿个不能伤，像祖宗一样供着，喂绿豆、苞米还有鸭肝、蟹肉、毛栗子……天天还要放到大脸盆给虫子洗澡，麻烦得一米。

玩虫子还讲究玩板儿。什么是板儿？板儿就是装蛐子的罐子，也叫盆儿。有瓷的、陶的、玉器和漆器的，瓷盆一般作斗蛐蛐的盆，而陶盆吸水性和透气性好，适合养蛐蛐。蛐蛐盆又分南盆和北盆两大派，作逼倒怪，便宜的有千把几千到好几万，宣德的盆儿几百万也不是不可能。

老杆子家有个光绪年间的板儿，是在无意之中得到的。1937年12月，在日军破城开始南京大屠杀的时候，老杆子父亲背着老母亲逃到江浦的老山，路上有个穿长衫的，饿得跑不动了，拿个脏兮兮的瓷罐子央求老杆子的父亲给他两块干烧饼，老杆子的父亲正找不着碗给老母亲舀水喝，接过就去河边了，等他再回来，那个人手上还抓着半块烧饼，已经断气了，噎死的。老杆子的父亲找个坑把他埋了。

等南京的局势逐渐平稳一些，老杆子父亲和奶奶回来了，把这个瓷罐子也带了回来。

后来朝天宫买古董的孙绍观受人家气，青帮张老大帮他出头，孙绍观看见老太太拿着一个瓷罐子喝水，上面还有仕女图，拿过来看看，底子上还有大清光绪的款儿，特地交代张大哥千万收好，这是个老板儿，是装屯的。只是盖子没得了，后来还专门配了个盖子。从那时开始，老杆子父亲知道自己手上的盆儿是好东西，这才开始玩虫，老杆子小时候也玩蛐蛐，父亲不舍得让他碰这个宝贝，给他一个宜兴陶罐子养蛐蛐……

虫子开斗前，要先订日子，之后参加者要"吃花"，就是下注，五千或一万，更多的也有。别人也可以跟着下两千或三千。四个裁判反复看双方的虫子，放在一个板儿里。

虫子头天不给吃饭，一见面就吱吱吱乱叫，但先叫的都不会赢，那是虚张声势，小翅膀扇着，前腿按着，后退蹬着。蛐蛐草也有讲究，《聊斋·促织》里讲陕西用的蛐蛐草是猪鬃做的，其实，最好的是用黄鼠狼嘴边中间那根须子做的，那才是极品。用蛐蛐草拣虫子、撩虫子，撩得虫子来火了，就冲上去，且进且退，大牙龇着乱咬，一般也就是两三个回合，厉害的能把对方牙根子咬断，拼命厮杀，直到咬断对方一条腿，或跳出盆子。输的蛐蛐就没得鸟用了，被主家一巴掌拍死，不然就踩死。赢的也活不过小雪，天冷就不行了。

多年前，老杆子在高桥门一幢老民居的水井旁抓过一只大头青，整皮整色，厉害得很，上去一口就把对方黑头大将军的大腿下的了。老杆子也赢过两万，也有输过大几万的时候。输给的对手谁也想不到，居然是输在郑光手里头了。

郑光就是老杆子下乡时的大队革委会主任，后来的公社书记。

郑光本来就是一个二赖子，打倒"四人帮"之后，他成了"帮四人"，就是"三种人"。所以郑光被一抹到底，连党籍都开除了。不过，郑光自有他的道理：我就是个农民，你再开除也不能把我农民开除吧。于是就搞投机倒把，倒买倒卖，日子也过得不错。

有一次，郑光在南京夫子庙倒腾服装，在大石坝街看到老杆子斗蛐蛐，于是就跟着下注，赢过不少，后来也玩虫子，跟踪老杆子。老杆子发现被郑光跟踪后，就不再去高桥门，到外地去买蛐蛐。

有一年秋天，郑光和他十多岁的儿子去江浦老山黄叶岭南坡，过去地名叫"鲤鱼三点籽"，在宋代状元张孝祥墓地的残碑下，听到了一阵阵高亢的蛐蛐叫，他找到蛐蛐藏身的小洞，儿子用罩子去逮时，被蜈蚣咬了一下，当时也顾不得。逮到蛐蛐后，有点失望，个子不大，才四钱多一点儿。在试斗时，谁也想不到，上去一口，就把准备参斗的"金狮子"的大牙咬断了。他兴奋不已。

而儿子的手指头开始红肿，也顾不上。郑光说从来没听说蜈蚣咬人会死人的，不要那么娇气，擦点碘酒就行了。几天后，儿子出现发热头疼恶心呕吐的症状。他让老婆带儿子去市里广州路儿童医院看病，自己去夫子庙斗蛐蛐，也就在这一次，他把老杆子从山东乐陵王木腿交易市场花了五千元买来的"青面兽"大腿咬掉了。郑光赢了老杆子的钱，但是，郑光儿子出现过敏性休克，没抢救过来。老杆子听说后，从此再也不玩虫子了。

二十七、栽了大跟头

坦白从宽,新疆搬砖;抗拒从严,回家过年。

——南京顺口溜

老杆子挣钱最多时有几百万,这时开始迷失了。自从荷包鼓起来以后,压力也大,加上头脑膨胀,把持不住,在一些朋友的诱惑下,开始抽粉,吸毒。很快染上毒瘾,再大的生意,再多的金钱,只要抽上粉,冰山的垮塌只是时间问题。

有一天晚上,进货来家,累得滴屎,躺下来想睡一刻儿。压力太大,尤其是三角债,是最令人头疼的事,收手吧,收不了,跟老杆子吃饭的人也有十几口子,食物链啊!他如果不干了别人就没得办法生活了。既然走了这条路,再大的压力硬着头皮也要走下去。没得办法,为了缓解压力,在朋友的诱惑下,开始抽粉。

开始是被几个活闹鬼硬拖去九月春,在包厢里,昏暗的灯光下,几个朋友用香烟卷着白粉,非叫"四哥"抽一口,老杆子说不能玩。朋友说你真是夹生,多大事?又不要你花钱。

老杆子推脱不过,就抽了一口,刚开始感觉很难受,差点把五脏六腑都吐出来了。吐完后又有一种莫名的快感，再来一口，舒服得很。这就开始抽了。

朋友先是递给老杆子一支帝国炮，他吸了一口，刚开始感觉很难受，但是吸入的烟气在短时间内进入血液，大幅度增强供氧，极大提高身体的力量与兴奋度。很快，老杆子问："还有啦？再来一点儿……"

开始老杆子吸毒是抽朋友的。不到十天就上瘾了，总不能回回都抽朋友的，于是就托朋友帮自己买。三百五十块一克。就是一小包。

这样，老杆子有钱，自己买粉，活闹鬼们找他的次数越发多了，躲都躲不开。而且开始找老杆子要粉、借粉，经常要几克，当时赌咒发誓，"哪个婊子儿不还"，有说过几天就还，假马日猴的，从来也没见还过。

老杆子因吸毒被派出所抓了。一开始他还装傻充愣，一问三不知。

公安员问："你跟什么人接头？接头的人叫什么？"

老杆子说："不用接头。双方都认不得，用BB机联系。"

"对方叫什么名字？"

"都是化名，叫什么阿发、阿毛的，真名不晓得。"

"在哪块交货？"

"接头地点一刻儿东一刻儿西，有时下关，有时中山陵、百家湖，还有大白天在莫愁湖的。"

"不接头怎么交货？"

"怕你们跟踪，把货藏在事先规定好的地方，去拿货时把钱摆下来，根本不需要认识。"

"暗号是什么?"

……

"什么意思?"

"就是走开的意思。"

问了大半天，民警是例行公事，老杆子这边是鬼话胡话，最后，他们放老杆子回家，但个把礼拜去所里见面一次。

二十八、乐极生悲

下流胚、下流胚,不打你不撒尿(音绥)。

——南京俚语

1997年阴历三月初三,老话说那天是王母娘娘蟠桃会,也是老杆子父亲八十岁生日。儿女和徒弟们张罗着给老爷子做寿,老爷子提出要在中山路福昌饭店摆酒席。于是,大徒弟就事先订好了福昌饭店,并和那里的厨师长打了招呼。那天非常热闹,花篮摆满了,还拉着"福如东海寿比南山"的大横幅,亲朋好友百十个,老杆子感到有面子,洋盘。

徒子徒孙轮番给老寿星敬酒,几瓶洋河底朝天,老爷子一人喝了半斤以上。要不是大徒弟替师父挡着,喝一瓶也不在话下。

老爷子话多起来:"阿晓得啊,我为什么要选在福昌饭店过八十大寿啊?"

大家只摇头。老爷子得意了,说:"民国三十七年三月份,李宗仁从北平南下。住到哪块哩,大方巷西头儿,快到江苏路那个桥头那块,那是两个大院子,前面是苏联大使馆,后面是白崇禧公馆。围墙西边是条水泥汽车路,当时白崇禧就把那里让给李宗仁住,白家搬到毗卢寺后面的庸园1号去住……"

大徒弟:"李宗仁到南京干么事?"

"你说干么事啊?要竞选副总统。"

安徽银行在福昌饭店开流水席,凡是投他们中意候选人票的国大代表,都可以在这块大吃二喝。那天中山路、中山东路,还有中正路,就是中山南路,到处飘着法国梧桐的白毛,下雪一样的。我就在福昌饭店。"

大徒弟问:"你还是国大代表啊?"

老爷子笑了:"我是来叮梢国大代表的!等他们吃饱喝足,出来上黄包车时,我就叫车夫把他们一个个拖到没的人的巷子里,领子一拎,吓吓他们,再没得数就要好看了……"

大徒弟:"干么事?"

老爷子脸一沉:"不干么事,哪个叫他不选老蒋,非选别人的呢……"

大徒弟不识相:"这个事过去没听你说过啊。"

一句话,老爷子突然来火了:"早说?'文化大革命'那时候你不整死我啊。"

虽说师徒二人早已化解了恩怨,但一想到1966年,老爷子放下酒杯不喝了,接着手往胃部一捂:"气死我了!"

大徒弟"咕咚"跪下来:"师父,您老人家到今天还不原谅徒弟?"

"我是不原谅我自己,收你们这群欺师灭祖倒头东西干么事?"

两桌子人没得一个敢吱声！只见老爷子把脖子上的餐巾一拽，大声喝道："走，回家！"

八十寿宴就让老爷子自己"操"得了，一污精糟，不欢而散。老爷子出了饭店就喊胃疼，老杆子不敢大意，直接把他家父亲送到杨公井"八一"医院看急诊。

医生说："多半是急性胃炎，没得大事，八十的人不该这样子喝，不放心还是观察两天吧。"

老杆子已经和广州那半边讲好，本来买好晚上的机票，要亲自去提货。老爷子住医院，走还是不走？左右为难，三嫂子说："爸爸不会有大事，我守着你放心去！"

老杆子说："前两天夜里头做了个梦，梦见我家爸爸背着盒子枪在第二制药厂楼上，被对方的子弹打中……"

老婆说："那还是去夫子庙，大成殿外头经常有算命的，去算一盘儿。"

老杆子一想不错，直奔夫子庙，来到"天下文枢"石牌坊前，还真碰上一个戴黑眼镜的算命先生，老杆子把梦境一说，黑眼镜掐指一算，说他最近要发大财，因为血代表财，血越多财越旺。

老杆子说："你脏污，我家父亲从楼高头摔下去……"

黑眼镜说："你不要急，让我把梦给你解完噻。梦是反的，阿懂啊？掉下去反而好，健康长寿！但是，你家父亲是罗汉命阿懂啊？罗汉是保佑你们全家的。"

老杆子一高兴，甩出去两张"大团结"，但是又有点不放心，决定让老婆去广州冒一次险。

哪个晓得，三天不到晚，老头子突然就走了，死于心衰。他一辈子最大的遗憾是没得坐飞机上过天，老杆子答应下次一定带老爷子飞一次。这次不是坐飞机，是驾鹤去的。

老杆子父亲死的时候，他和哥哥、姐姐都不在身边，没得人送终。为什么？都没得思想准备，头一天晚上，爷俩还在一起喝酒呢。因此，家门口人都说老杆子他家父亲没得福气，儿女不少，徒弟更多，身边没得一个人给老头送终，这是不忠不孝。什么叫寿终正寝？就是说老人过世，身边一定要有儿女。

再就是没得人哭丧。老人过世，女儿、媳妇在场，一定要放声大哭。这就叫"号丧"，但是老人走得突然，等家里人接到医院的通知，人早已送到太平间去了。该哭的时候没得人，出殡的时候，儿媳妇还不在家。

算命先生虽然是信口开河，但是有一点说对了。老爷子的确就是"罗汉命"，是保佑老杆子全家的。老爷子一走，老杆子一家就江河日下了。以后发生的事情就能证明！

二十九、不让死鬼进门

> 天上星星亮晶晶，我在家里数星星，从南京到北京，数也数不清。
>
> ——南京童谣

老杆子接到噩耗，已经是下午的事情了。他要拉着母亲去医院处理后事，老母亲往床上一躺，人起不来了。两口子分居不说话好几十年了，老杆子原来认为夫妻两个没得什么感情，没想到人一走，竟然哭得很伤心，根本不能去。他哥哥腿不来斯，走路一瘸一拐，跑前跑后里里外外丧事全是父亲的几个徒弟操办的。买老衣、穿老衣也是有讲究的。人死的时间一长，身体都僵硬了，还是大徒弟有经验，把给师父穿的老衣全部套好，之后几个徒弟抬着师父，把套好的衣服，从身子下面往前拉，先把两只手穿进两只袖子，之后一次性拉上身，再扣好衬衣扣子、外衣扣子和大衣纽扣子。

按老南京风俗应该在正屋停灵，改成火葬之后，尸体直接送安德门外石子岗殡仪馆，因此就没得法子停灵，只能在院子里头搭灵棚，摆祭桌，放供果，挂招魂幡，全家穿丧服，接受亲友们的吊唁。请马子明乐队来吹奏丧曲。

老爷子是在石子岗火葬的，不在清凉山。

南京清凉山火葬场，就在城墙里头。民国二十八年九月，日本居留民团征用清凉山附近民地20亩修建火葬场，配有火化炉和电炉3座，专门火化旅华日本人和日军尸体。抗日战争胜利后，由南京市卫生局接管，改名南京市卫生局火葬场。中华人民共和国成立后这里也一直是火葬场，那时候石子岗火葬场还没得，老百姓都说"去清凉山"。后来在城南郊修了石子岗殡仪馆，清凉山成为公园。

大徒弟租了石子岗最大的吊唁厅，花圈、帐子都挂满了，一直摆到门外十来米的地方，光是老先生的徒子徒孙就有百十号人，加上亲戚朋友有两百多人。老爷子死的时候正是清凉山最后一炉，烧完后业务就转到石子岗，但现在南京火葬场又迁到岱山了。一点不错，就是戴笠飞机失事撞山的那个岱山，在山的另一面是火葬场，依山而上全是公墓，离市区更远了，几十公里。

出殡的那一天，摔老盆时，大儿子腿不好，由老杆子来摔老盆儿，就在他把瓦盆高高举起来的一刻儿，没来得及往下掼，就被一双手接走了，哪个呢？大徒弟抢过去，争当孝子。大嘴张着哭得比儿子还凶。一日为师终身为父嘛，再说，内疚啊！没想到当年的孟浪，竟给师父带来这么大的伤害。

还有一个人哭得更狠，不是别人，就是老杆子亲妈。半辈子和他老子没得来往，这时候老太太却哭得死去活来，趴在她男人的身上不起来,谁来劝,她就用脚蹬。

老杆子上去劝,他妈也给了他两脚。老杆子只能任凭老太太哭,最后连眼泪水都没有了,完全在干嚎,歇斯底里地宣泄她半生的愤懑。连火葬场的工作人员都说,从来没得见过这样感情深厚的夫妻,能这样子哭。

老杆子的故事讲到现在,很少提起他亲妈,这又是怎么回事呢?

从火葬场回来后,按南京的老规矩,还要烧稻草、跨火盆。老父亲的照片要进家门。

接下来的一幕让很多人看不懂了。

当大徒弟捧着师父挂着黑纱的大照片,来到老杆子母亲的家门口,身后几十个徒弟排成几行,都披麻戴孝齐刷刷地跪着,一直跪到大门外面。大徒弟当年曾经揭发师父是安青帮,老杆子也曾怀揣铁棍打大师兄。"文化大革命"过后,大徒弟也感觉到欺师灭祖行为的可耻,多次托人向师父请罪,求得老人家原谅。也有帮会老人来说合。青帮的辈分分为大通悟学,老杆子的父亲是悟字辈,大徒弟请来夫子庙一个"通"字辈的师爷,在"六华春"摆了一桌酒,当场负荆请罪,最后师父哈哈一笑,接纳了大徒弟的道歉。这样,老杆子师兄又入门墙。现在师父没得了,一切事情都由大徒弟操持。

大徒弟一个头磕到地,声泪俱下:"师母,开开门,让师父他老人家回家吧!"

众徒弟一起喊:"师母开开门,让师父他老人家回家吧!"

"师母，求求啦！"大徒弟领着，几十个头"咚咚咚"磕到尘埃里，扬起阵阵尘雾，哭声一片。

谁也想不到的一幕发生了。

门开了，老太太两手拦住门："你们都起来，都起来！"

大徒弟还带着哭腔："你是师母，师傅不进门我们不起来，跪到让师傅进门！"

老太太："我不是你们的师母！这个死鬼就是不能进门！"

"那我们就陪着师父跪在这里，什么时候师母让我们进来我们就起来！"

一边要进，一边不让进，僵在那块了，前来吊唁的和街坊四邻都来了，里三层外三层。

老太太没得办法，面对徒弟们"咕咚"跪下来："我受不起，给你们磕头！"

老太太一个头磕到地，徒弟们吓得全部爬起来。但是不管怎么样，老太太就是不让照片进门，

照理说人走感情还在，就别计较这么多了，儿女亲戚朋友徒弟说破大天，老太就是不让死鬼照片进门。老杆子没得办法，只得请马子平乐队重新回来，吹奏起《上海滩》插曲，师兄弟与徒弟们簇拥着师父的遗像齐向后转，送到老杆子自己的家去。

老杆子一路上也滑稽，没得淌眼水，一直在唱《上海滩》：

浪奔

浪流

万里滔滔江水永不休
淘尽了世间事
混作滔滔一片潮流
是喜是愁
……

三十、割肉疗亲

　　我们两个好，我们两个老，我们两个合伙买棉袄，冬天我穿，夏天你穿。

　　　　　　　　　　　　——老南京童谣

　　人已走，夫妻恩怨并没有结束。

　　老杆子说："我家父亲墓地在隐龙山。我家老母亲墓地在西天寺，相距几十里，母亲临终前交代：坚决不与父亲合葬。夫妻一场，势不两立。"

　　老杆子的父亲和母亲生前分离，死后也不同穴，这究竟是怎样的一种情感恩怨和纠葛呢？

　　原来老杆子父母亲的两个家族是冤家对头。但这两个年轻人却爱得死去活来，老杆子的母亲不让他男人进门，不是恨到骨髓，而是爱到血滴滴。

　　老杆子家几代人都生活在南京水西门外。开始我听老杆子说起，以为他的父亲只不过是安清帮里的一个小头头，其实不然。当时在夫子庙住着个青帮大字辈的老头子，此人叫张飞，外号"大将张飞",与上海青帮大字辈张聘卿、南通张锦湖为结拜兄弟,人称"桃园三结义"。老爷子广收门徒,来者不拒。老杆子的爷爷就拜在张飞门下。民国十二年,在山东临城纱沟一带曾发生了一起震动中外的惊天大案。抱犊崮土匪孙美瑶、孙美珠兄弟截了津浦铁路国际列车蓝钢车,绑了几十个洋票。可是孙家兄弟上山落草的枪支弹药是从何而来的呢?

原来都来自于上海日租界。孙家兄弟正是走了安青帮张聘卿的路子,从日本洋行中购买了枪支弹药。但这些军火怎么运出上海的呢?张聘卿找的正是张飞。张飞专门吃水路,运河沿线码头都是他的地盘。

孙家兄弟的枪支是从上海苏州河走昆山,经过淀山湖到苏州,再到无锡、常州,经过镇江到南京,从南京、扬州、高邮到淮安、淮阴、邳州、台儿庄一线,运河沿线码头都是他的地盘,张飞就利用运粮船将枪支藏在大米之中,沿途都有青帮兄弟招呼关照,这才顺利地将武器运送到台儿庄,最后送到抱犊崮。

孙氏兄弟有了这批武器,这才上演了一场临城劫车的大戏。正所谓在家靠父母,出外靠朋友,没有青帮的人沿途的帮忙,行走江湖,门都没有。

老杆子的爷爷正是大将张飞的弟子,属于青帮通字辈的,和杜月笙一辈,长得膀大腰圆,一身好武艺。当年,正因为有师父撑腰,掌管南京的码头,从中华门到水西门、旱西门到草场门一带全是老杆子爷爷的地盘。后来子承父业,老杆子的父亲也开过山堂,徒弟有百十人之多。从南京沿着运河到扬州、淮阴、高邮一带，都有他的势力。中华人民共和国成立后，成分划成了城市贫民。1955年公私合营，码头上成立了搬运公司，这才成了扛大包的码头工人。

当年，活跃在南京水西门一带的帮会很多，不只是安青帮、洪帮，还有采藕帮、芦柴帮、青菜帮、锄头帮等等，这么说吧，有点类似现在的行业工会。贫苦的社会底层的人群，为了生存就必须抱团成帮，都有一些有实力的老大控制，内部分等级，层层管理，万一帮内兄弟受到外人和官吏欺辱，自有所在帮会来帮助出头，如果双方人马旗鼓相当，就去夫子庙的奇芳阁或者六朝居茶社二楼吃讲茶。这些茶楼、茶社大都有背景，是专门提供解决纠纷和矛盾的场所。为了化干戈为玉帛，就请出一个青帮老头子，摆上三五桌酒，刷色的一方给对方赔不是，甘拜下风，一般都能平息风波。

如果旗鼓相当，非打不可，就约定个地点，几十个、上百号弟兄大打一盘儿。什么无歹、赖白儿、小杆子，按现在南京话叫活闹鬼们都各有组织。

帮会和帮会之间，一般井水不犯河水，万一冲突结怨，那就是不共戴天。

有一年，老杆子他家奶奶病得很重，中医先生开了一剂古怪的药方，即割骨疗法。老杆子父亲二话不说，掏出匕首就在大腿上割下一块肉，血糊淋拉地扔进药罐子里，溅起来的热汤水，直冲老中医戴着的玻璃瓶底一样厚的眼镜片子上。

老中医两手直摆："真是甩料，摆（不）急摆（不）急，还差一味药，叫金樱草……"

"金樱草是什么玩意头儿？"

"就是莲蕊，必须要莲花塘深处长得三四尺以上的莲蕊才好。你真是二五郎当的，我话都没得说玩，你倒手快，肉都下锅了。"

"哧啦"一声，老杆子的父亲从向来不扣扣子的香云纱褂子上扯下一条布，使劲把大腿上流着血的伤口勒住，一拱手就往外跑，还扭头来一句："桌子上的袁大头自己往荷包里头挳！"

当年水西门外莫愁湖和南湖的水面面积比现在大得太多，单说南湖就有现在的五六个大，大湖连小湖，湖边是菜地，湖里全是密密麻麻有马车轮子那么大的荷叶，一到夏天，荷花全开了，红的绿的，挤挤杠杠、团团如盖，真是接天荷叶无穷碧，映日荷花别样红。十几里风都是清香的。

南湖、莫愁湖的莲藕是全南京最好的，又肥又白，又香又嫩还甜，比玄武湖那半边的来斯多了，煮熟后入口就化，一点儿渣子都没得，好吃得一米。

老杆子父亲一心救他家老母亲，冲进荷花塘，却忘了江湖的规矩，到了采藕帮的地盘，应该打个招呼，客气一声。

正当他心急火燎地用手拨开前面的荷花荷叶，直往湖塘深处而去的时候，鲁莽的行为早被采藕帮看莲塘的兄弟看在眼里。

采藕帮本来就与安青帮有过节，梁子很深，采藕帮每次从三岔河、上新河和秦淮河的渡口挑藕过河，都会遭到码头上安青帮的刁难，识相活络的，掏一包"老刀牌"香烟钱也就过去了；还有二五郎当的不识相，一句话说娄得了，一个抹脖摜在地上，一担子藕就被摔碎、被踩烂,一污精糟,再龇牙就直接把人捶个半死。在安清帮的码头上无理可讲,惹不起躲得起,采藕帮一贯忍气吞声,小心驶得万年船,实在过不去,就用大盆和小船自己运藕过河,不惹闲气。

此番,采藕帮的小杆子看到老杆子父亲跳进荷花塘,在荷叶荷花莲蓬的茂密之处只管前行,瞎搞脏污,奔命一般跑回去向帮主周武湖报告:"青帮张老大挑事,在湖里头脏搞,荷花莲藕一起让他做糟!"

这一天,正好是阴历的六月初四,是荷花的生日。老南京风俗,尤其是靠菱藕生活的采藕帮,特别看重这个节日,他们要用宣纸裁成两寸长一寸宽的纸条,十几张摆在一起,摆在酒瓶上,再用纳鞋底的麻线,绕在酒瓶上,使劲勒成一道道深沟,再将一头用手捻成个尖尖,一叶荷花瓣就做好了,另一头用糨糊粘在用宣纸做成的一个圆圆的荷花心上,中间有铁丝和竹条做茎,贴一层,用毛笔蘸胭脂色染一层,干后再贴一层,错落有致,一层层贴上去,一个荷花灯就做好了,中间插支小红蜡烛,到了晚上几百个荷花灯放在湖面上,帮主带帮里的兄弟们去湖边祭拜荷花仙子,再把荷花灯在水中点燃,为荷花仙子祝寿。这时帮主正带人赶制荷花灯,报信的鬼急忙慌地闯进来了。

"是你们哪个又惹事啦?"

"哪个婊子儿要惹他!"

周帮主顿时气得鼻子不来风:"我日他三爷的,荷花节来挑事,打到门里头来了。他敢借沟出水,老子也拆屋还基,今天非来个鱼死网破不可,不把狗日的腿打成糟烂藕不得拉倒!"

此时,满湖荷花清香扑鼻,不时有白条、混子跃出水面,老杆子父亲哪有周敦颐的雅兴,一心一意地在藕池中,深一脚浅一脚艰难跋涉,寻找四尺以上亭亭净植的荷花,一撇两断,将花蕊倒在怀里头的小碗中,接着又朝下一朵荷花而去。

这时岸上一片鬼喊神嚎,拿鱼叉的、拿铁锹的、拿篾刀的,玩三节棍、九节鞭的,一阵围在岸上,就舍不得下湖,什么道理?这么多人在荷花塘里打架,那莲藕、荷叶、莲子还想卖啊!于是个个跳脚,就是不下来,闹得南湖成鸭子塘了,"呱呱呱"喊得不歇火。

怀揣满满花蕊的老杆子父亲猛抬头发现坏了,没来得及打招呼,这下子捅了马蜂窝了。

三十一、荷塘爱情

　　大脚盆，小脚盆，翻翻过来采老菱，老菱肉，泥嘴巴，老菱壳儿，拔火钵，虾子虾子裹小脚。

　　　　　　　　　　　　——南京民谣

　　说到老杆子的父亲被困在长满荷叶荷花的南湖之中，无法脱身，岸上的采藕帮也下不来，他又上不去，双方隔空骂战：

"有种你上来！"

"有种你们下来！"

"二货，跳了稀泥里边拿鸡巴充藕卖啊！"

"你们仗人多，有种下来啊！"

"堂堂安青帮老头子，赖在塘里头算什么鸟本事？有种上来啊！"

……

　　就在双方大过嘴瘾之时，一叶小小的两头尖尖的采菱船从荷花深处荡了出来，来到老杆子父亲的身后，竹篙一举"啪"的一下直劈下来，直接把头敲得稀昏，老杆子父亲一回头，朦胧中，一个二八女子坐在船头,手里的竹篙还举着。头上彩巾,捋着玄色缎子裤管,一双雪白粉嫩的莲藕一样的腿,赤着脚巴还不停地打水。

"小婊子你敢敲我?想死啊!"

"啪"的又一下更猛更狠:"还骂啦?你个死虾子!"

"老子玩女人不打女人!"

"我就让你玩,来呀!来呀!"

"啪啪"又是几下,老杆子他爸头上都是大血包。但是他双臂只是护住前胸,任凭竹竿敲在头上!

"大脚仙,再打老子真不客气,蛮急还手了!"

什么叫"大脚仙"?

那个时候,南京城里妇女都是"三寸金莲"。有许多苏北村姑在城里打工。其中有长得漂亮的打工妹,一双大脚,就被南京人称作"大脚仙"。这是南京特产。曾经有个叫王培东的金陵乡贤讲过金陵人自夸:大脚仙、盐板鸭、元色缎子琉璃塔。

元色就是玄色,因避讳康熙玄烨的名讳,改成元色,就是黑里透红那种颜色。

"啪啪"又是几下子。

"再不求饶,直接把你个'青帮头子'刷成'红帮头子'"。

"大脚仙,你还打?!"

"打你活该,哪个叫你喊我'大脚仙'的?"

"那你叫什么名字?"

"眼睛瞎得了?连我周小莲都不认得?"

原来小船上的妙龄女子正是采藕帮周帮主家的大千金周小莲。这时，岸上的采藕帮也都看见这一幕，纷纷瞎喊："大小姐，刷死他！"

满耳朵"鸭子叫"，让周小莲急了，冲着岸上大喊："都闭嘴！关你们什么事啊？"

一刻工夫，都安静下来，鸭鹅无声。

"大脚仙"又问老杆子父亲：

"你个祸害渣子，到底想干么事？"

"我家妈病在床上呢。"

"那你不在家照顾你妈，跳到我家塘里来做糟？想吃藕？掏钱买啊！不嫌丢人？不要拿鬼话糊弄我。"

"哪狗日骗你，我家母亲病重，大夫开的救命药方有一味药叫金樱子，没得办法才跑到你们这块来……"

老杆子他爸爸拿出怀里揣的小碗，里面是半碗金黄的花蕊。

"看你坏得滴屎，原来还是个孝子，饶你一次，你上来吧！"

"我上不来！"

"属驴的？牵着不走，打着倒退，不上我走！"

"我大腿上挖掉一块肉，现在被水泡了半天，疼得要命！"

周小莲一听，"扑通"一声跳进水里，帮老杆子父亲爬上小船，自己在水里推着船，荡起一阵阵的涟漪，向荷花深处慢慢前进。

这下子好了，倒过来玩，哥哥坐船头，妹妹在水里走。

把岸上一片呐喊声留在身后。

也是不打不相识。经过这番奇遇，敢作敢当的周小莲居然爱上了老杆子的父亲。

她轴头鹅一般性格，直把采藕帮周帮主气得发昏，最后，嫁鸡跟鸡，嫁狗跟狗，儿大不由爷，周小莲得罪了父母和祖宗，自己卷了包袱卷，也抛弃了父母的养育之情，认定了这个男人浑身铁一般的块块肌肉。搞笑得一米，自己来到水西门老杆子父亲住的三进院子，从裤带上抽出一条红布顶在头上，嘴里头喊：

"花轿进门，一拜天地！"

老杆子父亲脸都笑抽了：

"作怪噢，还真会玩！来，拜拜高堂！"

两个人直接在老妈病床前跪下叩头。老太太坐起来说："丫头，你要想好，我生的儿子什么德行我知道！"

周小莲说："妈，我晓得，猫养猫痛，狗养狗疼，一个锣敲不响，我跟他半斤对八两。"

半斤八两现在年轻人大多不懂了，她说的是当时十六两一斤的老秤，半斤正好八两。

老杆子父亲抱起周小莲就往自己房间里头冲，老妈在后头直喊：

"摆急摆急，太阳还照秦淮河，狗过不得河啊！不办宴席也得打杯儿冷烧酒麻麻嘴。"

那时候，正赶上日本投降，抗战胜利，全城鞭炮和欢笑从早到晚响个不停，老杆子他爸爸笑得合不拢嘴，全当是给结婚增添喜庆。

一切仪式都没得，老杆子父母亲就算结婚了。这哪块叫结婚？尤其是那个年月，哪有这种样子的结婚？简直是发昏。

　　婚后头几年，夫妻恩爱，开花结果，周小莲两年一个，一口气生了三个，老大是公鸡头，老二是母鸡头，老三又是公鸡头，就是老杆子。就在月子期间，南京城里头出大事了，蒋总统和李代总统接二连三逃得了，解放军百万雄师打过长江，天翻地覆了。在千帆竞发的浪头上，老杆子父亲带着一帮徒弟帮忙接应解放军，送茶送水扛麻包。常言说论功行赏，南京解放时，安青帮一个蛤蟆四两力，也算是有苦劳，但奇怪的是只是民间传说，志书上查不着一个字。

　　老杆子家也闹得天翻地覆了。

　　怎么说呢？原来就是母亲给"小四十"喂奶期间，父亲早出晚归，经常见不着人影子。一问总说忙得很。其实，老杆子父亲又认识了夫子庙一位妓女，而且那个女人还拖油瓶，有个比老杆子小几个月的男娃儿。这又是怎么回事呢？

　　说起南京夫子庙一带青楼林立，到处莺歌燕舞，可以算作当时中国最大的"红灯区"了。

　　秦淮红粉甲天下，太远的不扯，从明末以来，秦淮八艳，在这个胭脂河畔留下多少风流故事。

　　《儒林外史》的作者吴敬梓曾这样写："那秦淮河到了有月色的时候，越是夜色已深，更有那细吹细唱的船来。凄清委婉，动人心魄。两边河房里住家的女郎，穿了轻纱衣服，头上簪了茉莉花，一齐卷起湘帘，凭栏静听。所以灯船鼓声一响，两边卷帘开窗。河道里焚的龙涎，沉速香雾一齐喷出来，和河里月色灯光合成一片。望着如闻仙人，瑶宫仙女。还有那十六楼官妓，新妆炫服。招接四方旅客。真乃朝朝寒食，夜夜元宵。"

他写得比我好多了，他经历过。

民国时，南京妓院生意最好的共有四家。其中以"四喜堂"最大，由于"四喜堂"的妓女多，年龄又小，所以生意最旺。

秦淮河的妓女有情与义，有胆有识。想当年，日军攻破中华门，守军八十八师师长孙元良直接从指挥部逃到夫子庙，是妓院老板收留了他，在日本兵搜查下，提着个大茶壶，才逃脱了性命。这需要多大的胆子？万一被发现，断头的就不只是将军，多少美人的鲜血都要染红秦淮河！有人说南京的妓女爱国，其实应该说是木固，南京大萝卜嘛，戏大麻哈。

秦淮河的红粉生意一直持续到1949年以后。

据当年南京市军管会对民国卖淫业的统计调查显示，当时仍有669家大小妓院，妓主（老鸨）、妓女及其从业人员共1368人。

那么，老杆子父亲认识的这个妓女在夫子庙风月场中一定是头牌人物？还真不是。

三十二、大哥,这个女人就是你的女人!

嗦嗦嗦咪嗦婚姻要自由,拉拉拉咪来咱俩谈恋爱,

哆咪咪咪咪一起去登记,来咪来咪嗦啦嗦咱俩成夫妻。

——解放区歌谣

老杆子父亲认识的这个妓女,是半路上捡来的。也不能算,准确说是带人托管的。

1948年11月6号一直打到1949年1月10号,国民党在淮海战役中彻底失败,蒋介石的大将黄百韬自杀,杜聿明被俘,邱清泉战死,只有孙元良、胡琏逃出了重围。解放军跟踪南下,饮马长江。

国民党忙着逃离南京之际,满地都是枯黄的法国梧桐叶子,在泥水里挣扎着。兵荒马乱,各个机关、衙门都忙着毁档案、烧文件,有钱人变卖房产,收拾细软,飞机票和火车票成了最抢手的硬通货。饿殍遍地,人心思变,老百姓开始抢米,军警也弹压不住。

老杆子父亲和徒弟们被强征去下关码头,为国民党部队运送

物资。南京的中山码头、下关车站到处是撤退的军队和逃难的难民。

圣诞节那天,南京好冷,凄风苦雨,针砭肌肤,寒彻到心。老杆子他家父亲正指挥徒弟们把炮抬上招商局的"江宁"轮,一个国民党军官,带了两个勤务兵,腰里头是美式左轮枪,他挤过人群,来到老杆子父亲面前,"啪"的一个立正,给老杆子父亲敬了个标准军礼。

见一个当官的给自己敬礼,老杆子父亲蛮急抱拳:"老总!不作兴。"

军官:"张大哥,你认不得我啦?"

老杆子父亲摸摸头:"还真认不得!"

"民国26年12月13日,我们在鬼脸城……"

"哦,想起来了,你就是那个夏侯班长?"

"对,我现在是营长了。"

原来1937年12月13日,南京中华门被日军攻破,夏侯班长与几个溃兵沿秦淮河边赛虹桥一带,向水西门、石头城、草场门一带逃命,沿河边找不到一条船,正巧在鬼脸城下遇见老杆子的父亲背着老妈,那么冷的冬天,捋起袖子裸露着粗壮的膀子,上面还有龙纹,一看就是江湖中人。于是跪求他想办法送他们过江。

说起鬼脸城,就是石头城。东汉建安十六年(211年),吴国孙权迁至秣陵(今南京),在石头山金陵邑原址依山筑城,取名石头城。并据此扼守长江险要(当时的长江水就在石头城墙下)。因为古城墙中段一块凸出的椭圆形红色岩石,长年风化,酷似一副狰狞的鬼脸,故被称为"鬼脸城"。

当时,老杆子的父亲带着他的老母亲就在鬼脸城下等人。原来有芦柴帮玩得不错的兄弟,在三汊河的芦苇丛里给他藏了一条船,这时,小船来了,于是老杆子的父亲背着他的老母亲,带着夏侯共五个人,趁早晨江上有雾,冒险划船渡过长江天堑。夏侯他们去了滁州,老杆子的父亲背着老母亲在江北老山森林里搭了个棚子,藏了个把月,才敢回南京城。

1945年日本投降后,国民政府还都,夏侯跟着蒋介石的第一主力第七十四军回到南京城,曾在三岔河一带找过救命恩人,当时有不少河边居民都做过类似的事情,问了半天也没问着。后来,夏侯听说蒋主席不知怎么回事,和上海青帮杜月笙杜老板玩翻了,也怕惹事,就没有再找。

第七十四军改成整编七十四师,在苏北作战,占领淮阴,攻克涟水。

夏侯当上营长。一回南京就去夫子庙的青楼冶游,在翠云楼认识了一个妓女,是从小被卖到妓院的苦孩子,因为一句"哇里哇气,哇个若气",让夏侯听得格外亲切,原来是宝应同乡。一来二去,产生了感情,于是将其赎身,就同居在一起。没想到第七十四师被干掉了,张灵甫师长自杀。到民国三十七年国民党气数已尽,一场大败退开始了,他唯一不放心的就是身边的女人。原打算带她一起走,没想到码头上有钱的没钱的,就连部队都争抢上船,有不少不要命的还被挤掉在冰冷的江水之中,被滔滔江水卷走,更不要说一个怀有身孕的女人,怎么可能挤上船?就是上了船也可能死在半路上。正在这时,夏侯突然看见了老杆子的父亲,还是袖子捋到胳膊肘,手腕以上还刻着龙(刻龙就是文身),当下就好像看见救星一般。

夏侯一招手,背后还站着一位涂着胭脂口红、烫着狮子狗一样的卷发、描眉画眼的女子,黑呢子大衣的扣子已经扣不上了,是个马上要临盆的女人。

"队伍要开拔了,我的女人你替我照顾!"

"什么话?二五郎当的,还当营长呢,老婆都保护不了。回家种地算咪!"

夏侯眼泪水淌下来了,从腰里拔出左轮枪。

老杆子父亲有点木固:"你这干么事啊?"

夏侯的枪口直接对准女人的头:"她马上就要生了,船又挤不上去,你也不要,我打死她也不能让她被抓……"

老杆子父亲冲过去把女人挡在身后,拍着胸说:"多大事啊,你放心走,你女人交给我!"

军官又一把将女人从老杆子父亲身后拉过来,两人紧紧抱在一起。这时,"江宁"轮第三次催命般地拉响汽笛,马达隆隆,水手开始解缆,就要离开码头。

勤务兵直喊:"营长,船要开了。"

夏侯捧着女人的脸,猛地亲了一口,接着直接推给老杆子父亲,擦着眼泪水转身,女人流着泪,挣扎着死活要往水里头跳……

"两条人命,不能玩啊!"

两个男人一个拖一个推，女人总算被老杆子父亲拖到怀中，但是晚了一步，汽笛一声，轮船"突突突"已经离开码头。

夏侯一见，急忙要往船上跳，被老杆子父亲一把拉住："不要命啦？"

老杆子父亲大吼一声："搭跳——"

只见大徒弟手中的缆绳直接抛向船尾的铁桩，拉住船尾，紧接着身边两个徒弟分别抱着两块长长的跳板，靠在船尾的船舷上。最多也就十几秒，到底专业水准，麻利得一米。

老杆子的父亲大喊："快上！"

一条刻龙的膀子在夏侯的后腰猛推，只见夏侯一阵风跃上跳板，三大步就到了船舷边，几个士兵连拖带拽，把他从跳板的另一端接应上船，夏侯的两个勤务兵也一跃上了跳板，船上水手一看不好，举起大斧砍断缆绳，船立即离岸，只听"扑通""扑通"，两个士兵掉进冰冷的江水之中，两条跳板也滑进水里，落水者抱着跳板，在水里沉浮，众人七手八脚把他们救上岸。"江宁"轮远去了。

寒风中飘来夏侯声嘶力竭的一句话："大哥，这个女人就是你的女人，要善待她！"

这时那女人突然捂着肚子呻吟着，瘫在地上，还大口喘气。于是，老杆子父亲和几个徒弟临时在竹杠上担了条棉被，轮流抬着向鼓楼医院跑。但是，连赶死赶，来不及了，跑到北阴阳营就生下一个男婴，差点儿掉在路上。老杆子父亲只得将这个女人安置在水西门外一个竹篱笆墙搭的草房里面，又找了个佣人服侍她。

这个苦命的女人姓鲁,性格温柔,心无旁骛,一心一意就是养儿子,再就是流眼泪。老杆子的父亲经常去看望,里外里就和她睡在一起。那女人也不拒绝,反正夏侯临走时说过,把她托付给老杆子了。

时间一长,周小莲发现自己的男人有点不对头。怎么经常夜不归宿?搞什么玩意头儿?

突然有一天,采藕帮的师兄来带话:"大小姐,你爸爸喊你去家吃饭!"

周小莲奇怪:"什么玩意头啊?几年都不来往,吃哪门子饭?不去!"

来人说:"有要紧的事!"

毕竟父女情深,几年不见,嘴狠,心里还是挂记。于是,周小莲拖儿带女回了家。见了面,周小莲"老爹"喊不出口,只是拍着三岁多的老杆子的头:"叫外公!"

老杆子不认:"哪块来什么外公啊?"

哥哥姐姐也直摇头,都认不得。

外公也不计较。

三十三、"拖油瓶"

　　金圆券，叮当响，三天不到晚儿，拉住娃儿擦屁眼儿。

　　——南京民谣

　　老杆子的外公从门后头拿出一把黄油布雨伞，使劲一撑，变魔术一样，几十块银元就哗啦啦滚出来。

　　第一次见到外孙，这就是见面礼。

　　为什么把银元藏在油布伞里呢？原来刚解放的时候，人民政府发行的新钞票受到南京市民普遍抵制，银元投机生意猛烈，导致物价飞涨，唯一的硬通货还是袁大头。

　　常言说：不用霹雳手段，哪显菩萨心肠？

　　军管会大卡车架上高音喇叭满大街宣传要用银元兑换新钞，公开取缔了银元交易。但老百姓对国民党发行金圆券的情形，就跟昨天晚上家门口发生的事情一样，打死都不得忘。

　　金圆券风暴把老百姓吓死了，根本不相信新政府发行的纸钞，于是就把自己手里头仅存的黄货、白货和大头，用各种办法藏起来。

军管会自有军管会的路数，水西门、旱西门、中华门、挹江门，还有鼓楼、新街口、夫子庙等地设有专门的检查站；大马路上有解放军的三轮摩托车，开开就停下来，随时搜查路上的行人，逮到十块以下的就直接没收，十块以上的对不起，人送进看守所。

很快城里头取缔银元，老百姓开始把手里的袁大头转移到乡下，青菜帮就专门做这个生意，用大粪车装上银元转移到乡下。

老爷子得意地对女儿说："你把马子盖掀开看看。"

马子盖就是马桶盖，当时南京很少有用抽水马桶的，也没得专门的马桶间，居民家家户户都是木质马桶，鼓形，上下有两个铁箍子，还有拎马桶铁提手。方便过后，用个圆圆的木盖子盖上。一般都在床后面，蚊帐一挡就看不着了。当时，坐马桶也不避人，老妈坐在马子上训儿子是常事。

当时，刷马桶是老南京重要的行业，一早就把马桶提在门口，有老妇女或者老男人推个车，挨家挨户收马桶，送到巷子口的公共厕所里倒马桶，之后再倒上清水，用一把竹篾子做成的马桶刷子使劲地刷，刷干净后再摆回车上，一家一家送洗刷干净的马桶。直到20世纪90年代，老街老巷子还有这个刷马桶的业务。

周小莲捂着鼻子掀开马子盖一看，没得黄的，全是白的。

原来，老爷子提着马桶，扛着雨伞，大摇大摆从解放军检查站走过，竟然没得人上前盘问他。

周小莲问："喊我来家什么事？"

老爷子说："你妈死得早，我的五十大寿没得人给我过了。"

周小莲有点内疚："我晓得，不就是阴历八月十八，现在没得到呢。"

老爷子大度:"什么没得到?我的生日我不知道?告使(诉)你,你什么时候回来就是我的生日。"

当下命人去水西门斩鸭子、买螃蟹、打老酒,去冠生园买月饼,老爷子和女儿、外孙、外孙女热热闹闹团团圆圆过中秋节。

老爷子多喝了几两酒,脸红得像雷公庙的雷公,口水直滴,滴到老杆子头上。

老杆子说:"瘾怪死了,口水呆子。"

外公用手掌心擦着流下来的口水说:"莲子,当时我干么事给你起这个名字。"

"不蛮好嘛。"

老头摇着头:"嗨,莲子心里头苦啊。"

"我看过得不错!"

老头拍着桌子:"哪个婊子儿骗你,你家男人在夫子庙找了个卖×的!"

"少瞎说八道,我的男人我知道,再讲跟你翻!"周小莲举起酒瓶直接掼到地上。

"翻就翻,老子怕你呀!"老头子火气更来斯,直接把桌子掀了,乒乒乓乓,鸡飞狗跳,碟子、碗儿、盆子、筷子、饭菜汤一地都是,一污精糟。几个娃儿吓得一塌,鬼哭鬼喊。

老爷子用巴掌刷自己的嘴巴:"不怕打嘴,老子跟那个婊子睡过觉!你就盯住你家男人,看他狗日玩什么名堂!"

周小莲外表气势汹汹,其实也满腹狐疑,将信将疑:"等我捉那条骚屁股的母狗,来跟你对质!"

很快,周小莲找到茅屋藏娇处,捉奸捉双,一看那个女人,姿色不如自己,岁数倒比自己大,还有个两三岁的男娃儿,更是来火:

"怎么回事?"

"就这么回事!"

"她是你什么人?"

"你说是什么就是什么!"

"我是你什么人?"

"呆×!还用问?"

"没得听见吹响器,什么时候办的喜事?"

"好意思,你也不是没得办吗?"

"你蛮急让她走,我原谅你!"

"你蛮急给我走,我也原谅你!"

"那好,走就走!"

周小莲真走了,她给心爱的男人腾地方,带着三个娃儿搬出水西门里的三进院子,也不回娘家,赌气搬进秦淮河边的披子里。老杆子的父亲带着那个女人和孩子回到水西门的房子。倒过来玩。

老杆子的父亲也赌一口气,还真和那个女人办了结婚仪式,抬花轿,吹吹打打,拜堂成亲,徒弟们黑压压跪倒一片,口称:师父师娘大喜。其实,他们心里的师娘是周小莲。

周小莲要强得很,不要男人每月给生活费,在南京罐头厂找了一份工作,靠着自己一双大脚一双手,独自抚养三个娃儿,与自己的男人从此不来往。

上世纪50年代的南京罐头厂,就在今天安怀村菜场那个位置。有肉罐头、鱼罐头;蔬菜罐头主要有番茄酱、青豆、芦笋、四季豆、马蹄(荸荠)、蘑菇等;水果罐头有糖水桃子、糖水梨子等。那时候南京罐头食品厂的福利很让人羡慕,肉类下料都低价处理给职工,过年过节时还发猪油。

老杆子小时候都没得缺过嘴,三年自然灾害时也隔三岔五有得吃。下乡时猪油就没断过,就是他家母亲上班太辛苦,厂子太远。

我问他:"那你还和你家父亲来往?"

老杆子说:"我小时候好动,又讨喜,我家爸爸最喜欢我。经常等我妈上夜班的时候来找我,带我去吃馆子、泡澡堂,然后看他推牌九。一看就到天亮。不瞒你讲,我上小学一二年级时就会推牌九,大人都玩不过我。什么低头空子、平头空子、抬头空子我样样精通。"

"低头空子、平头空子、抬头空子是什么?"

"我们的行话,低头空子就是玩蛐蛐,平头空子就是玩画眉,两个鸟笼子摆在一块堆,对着叫,直到把对方叫得不吱声算赢。抬头空子就是养鸽子,都干过。"

老南京有这么一句话:公子哥玩百灵,挑水的玩八哥,拆白党玩麻雀,拆白党就是白吃白拿的小混混、小流氓。

老杆子的父亲不是公子哥,他也玩百灵。家里头有个竹子做的三尺高、做工精致、好漆刷了多少遍的鸟笼,装饰着金珠、玉珠，清代青花瓷鸟食罐子，喂鸡蛋黄拌黄米，老杆子还到野地里捉蚂蚱和麻根虫喂它。每天清早，老杆子的父亲就架着鸟笼去水西门外的菜地遛鸟。听着百灵的婉转叫声，也是一大乐趣。

老杆子说："我就不玩八哥，我欢喜冕柳鸟，养起来不费事，找一根粗铁丝做个叉子，尺把长，缠根彩绳，用一根细绳子拴在鸟颈子上，那一头系在叉子上，买来先饿它一两天，再用个小葫芦系上小铃铛，葫芦里装苏子喂它，天天一喂食就响铃铛，等训练得差不多了，再放开拴它的绳子，让它飞到房顶上、树高头，只要你一摇铃铛，蛮急飞回来。手里拿个红豆子，不管扔多高，在空中就能衔回来。费事的我养过信鸽。凡是好玩的东西，都是跟我家老子学的。我也欢养绿丁。"

绿丁是一种比麻雀小的碧绿带黄、嘴黑尖尖的小鸟。喂鸡蛋黄粉拌苏子，隔两天还要换笼子给小鸟洗澡。鸟罐子很讲究，有清代的、民国的，都是景德镇出的古董，也有高仿的和现代烧制的。

"你经常和你爸爸在一起玩，你妈还晓得？"

"她有数，装不晓得。"

"你外公怎么样了呢？"

"合作化运动时我家外公的采藕帮改成采藕大队，还有青菜帮改成蔬菜大队，还有芦柴帮、青鱼帮、鲢鱼帮，只要是帮，统统都被收编了。"

三十四、反目成仇

> 奇芳阁,魁光阁,我们各吃各。
>
> ——**南京谚语**

(注:奇芳阁、魁光阁都是南京夫子庙的茶馆。)

话说天下大事,合久必分,分久必合。家里头也差不多。想当年,安清帮、采藕帮、芦柴帮、青菜帮,这个帮那个帮,大家都是一个互相帮,哪个晓得,到"文化大革命"时期分裂了,分成两大帮。一大帮保皇,一大帮造反,一个家里头,夫妻不是一派,父子不是一派,翻脸成仇,当面对骂,闹得一污精糟。

老杆子的父亲是"九四"战斗队司令,大哥跟他父亲不一伙,是"满江红"战斗队的司令。一家出了两个司令,见面就进行辩论。老杆子父亲有点结巴,一次大徒弟结婚请他喝喜酒,两斤半酒大徒弟没得醉,师父喝昏了,还要骑自行车回家,笼头左右乱拐,骑到南湖下了土路,直接骑到河里头,连人带车倒在那块,居然呼呼不醒。他的亲家,也就是周小莲的父亲听说后赶过去,说让老狗日泡泡澡也不错。那天也巧,周小莲带老杆子也在外公家给老头送猪油，二话不说，跳进水里把自己男人拖上来，背上就走，气得老头在后面直骂："活丑，蛮急走，一辈子不要让我再看见你！"

周小莲一口气把自己男人硬背到水西门里的四合院门前，扔在台阶上，擦一把眼泪水掉头就走。还是老杆子喊那个老婆出来才把他父亲拖回家。

路上老杆子问他妈："你不理他为什么淌眼水？"

他妈说："一头汗看不着啊？好意思的，还眼水哩。"

那些年，政治运动一个接一个，老杆子父亲那点事，还真不算什么政治问题，加上解放军第三十五军从浦口过江时，老杆子父亲带着徒弟，帮解放军抬过九四式日本山炮。

第三十五军是在南京的对面三浦（浦口、浦镇、江浦）地区集结过江的。该军军长吴化文早年是西北军冯玉祥的手枪旅旅长，后来被蒋介石收编。抗战时在山东，表现还算不错，后来因为在敌后，没有给养，投降汪精卫成为伪军。抗战胜利后，再次被蒋介石收编，调到山东去打解放军；但处处受嫡系中央军的挟制，又面临被解放军消灭的危险，更有床头人——吴化文的小老婆和内弟都是地下党，天天吹枕头风，在济南战役时，率部举行战场起义，导致蒋介石满盘皆输，爱将王耀武被俘。吴化文所部改编为解放军第三十五军。渡江战役时，冲进南京城，将红旗插上总统府。

该部过江时，最先得到码头工人的接应。解放军都是山东南下的旱鸭子，有把子劲，火炮架和炮管分拆后，都将近100公斤，在岸上两人可以抬走,一上跳板,忽忽悠悠,两人无法配合,腿就不由自主发软,最后军直属炮团的山炮全让老杆子和他的兄弟、徒弟抬下来。这当中还有一个插曲,有一个战士抱着炮栓下跳板时,不慎掉入江中,差点淹死不说,丢了炮栓,那还怎么打炮?当时急哭了,求老杆子父亲无论如何要帮这个忙。老杆子的父亲被缠得没有办法,只能让一个水性好的兄弟跳下去,终于把炮栓打捞上来。为此,第三十五军政治部特地发给老杆子父亲他们一面锦旗,上有"渡江支前先锋"几个大字。军长吴化文亲自把锦旗送到老杆子父亲手中。就凭这面功劳旗,老杆子的父亲有惊无险,在历次运动中平安过关。因此,每当他父亲酒喝多了就吹嘘:"这算什么玩意儿啊,老子也帮蒋介石抬过炮,哪个给钱给哪个抬,不抬他打你!"

大徒弟经常参加学习,觉悟比较高,积极要求入党,也多次劝师父不要胡说八道惹是生非,老爷子就爱较劲,越不让说越喊得凶,搞得上上下下都知道他给蒋介石抬过炮。

话又说回来,打小报告的人有,整人的人有,好人也有。

搬运公司的一把手,老书记郑永胜是部队转业的,外号"码头上跳板",什么意思?为人正直!1964年"四清"运动时,有人揭发,张某中华人民共和国成立前是青帮,欺男霸女,吃喝嫖赌,五毒俱全,属于地富反坏,四类分子。郑永胜虽然从来不吃老杆子父亲的酒,但仗义执言,把他们为解放军抬炮的光荣史在大会上摆一盘儿,确实堵住了一些人的嘴。也有人不服气,老郑就站在二楼上,指着院子里一百公斤的石磨盘说,你们哪个能把这个扛到船上，再来说他也不迟。顿时一个个成了缩头乌龟，没得人再龇牙。

后来，郑永胜成为搬运公司"走资本主义道路当权派"，老杆子父亲的"保护伞"没得了，铺天盖地的大字报从墙外到墙内，还有大标语打着黑叉叉，直接贴到家门口，把门封上。大徒弟率先反出山门，指名道姓，说师父是安青帮，给蒋介石抬过炮，打过共产党，是国民党的残渣余孽。张三气得跳脚大骂："老子给共产党抬过一个团的炮，怎么不说？"

他对大徒弟说："从今往后，桥归桥、路归路。哪个再找老郑的麻烦，老子就跟狗日的拼命！"

大徒弟说："要文斗，不要武斗！"

老爷子一个拐脖把大徒弟摔到地上："再敢龇牙让你就跟石磨盘一样！"说完搬起磨盘举过头顶摔到水泥地上，磨盘断裂成为两半。

为了保护自己和老书记，老杆子父亲干脆领一群不成牌的十三不靠，成立一个"九四"战斗队。"九四"就是日式九四山炮的意思。

1967年，南京武斗也很厉害，老杆子的父亲属于"红总"，他大哥还有大徒弟都是"八二七"。老杆子的父亲和哥哥都有手枪，乌眼鸡一样互相不买账。老杆子哪派都不参加。他喜欢看打篮球。有一次是"八二七"成立一周年干什么事，邀请南京市少年宫和省工会篮球队打比赛。老杆子带朋友混进球场，不巧，被他大哥看见了，于是带了几个人把老杆子和他朋友赶出去。

老杆子跟他父亲一说，老头单刀赴会，就在"满江红"战斗队门口，摆一张小桌子，桌上一瓶子高沟酒，一把手枪。他家父亲一口酒一句骂，骂得没得一个人敢出来。

老杆子在父亲和大哥中两头不得罪，两头玩。

在那个炎热得滴屎的夏天，老杆子的父亲和他的"九四"战斗队被大哥的"满江红"战斗队围在第二制药厂的楼顶上，楼顶和走廊楼梯上还堆满了工事。老杆子去看他父亲，大哥不让他进去。他父亲在楼高头望见他，大喊："死回家，没得看见马上要开火吗？"

第二制药厂就在二道埂子。二道埂子就在莫愁湖和外秦淮河之间，位于水西门三山桥那块，南起北伞巷，北至凤凰街。现在二道埂子已经没得了，就是现在的莫愁湖东路。

那时第二制药厂的商标是个蓝颜色的鲸鱼。就是老南京的金陵白敬宇眼药厂，老字号。据说有600年的历史了。白敬宇眼药最早在河北定县制造，抗战时期迁往重庆，胜利后，随国民政府东下南京，中华人民共和国成立后迁到二道埂子，除了眼药外，也生产别的药品。

老杆子当然不愿意让他家哥哥去打他家爸爸。于是就去央求他哥哥："枪借我玩玩，我去南湖打鸭子。"

他哥哥大概也不想和父亲火并，说："你不会玩枪，我跟你一阵去！"

于是，他哥哥背着枪，骑着自行车，后座上带着老杆子往南湖奔。刚下土路，老杆子就开始摸哥哥后腰上的手枪。

他哥哥回头说:"不要瞎搞,顶着火呢!"

正说间,只听"砰"的一声,枪响了。

他哥哥骂道:"狗日的,叫你不要动你非要动,走火了吧。"于是停住车,一只脚撑在地上,另一只蹬在脚踏子上问:"还打到哪块啦?"

子弹在柏油马路上,留下一个很深的洞。这一枪把老杆子吓得够呛,连忙说:"没得打到!"

他哥哥一歪头:"没得?地上的血是哪块来的?死鸭子,还嘴硬!"

老杆子又看看自己,的确没得伤,突然指着他哥哥撑在地上的那条腿说:"是你脚后跟流的血!"

他哥哥顿时脸色苍白:"你狗日的打到我咪!"

"哐当"一声,随着他身子一软,兄弟两个都掼到地上。

还是老杆子用自行车把他家哥哥送到广州路工人医院进行治疗,子弹从脚脖进去,脚底板出来,后来他哥哥走路有点瘸,水西门一带就叫他"跛脚鸭司令"。但是总算躲过了一场父与子的武斗。

三十五、窝里斗

城门城门鸡蛋糕,三十绿豆糕,骑马马,坐轿轿,走进城门砍一刀,一不许动,二不许笑,三不许露出大门牙!

——南京童谣

自从老杆子他家哥哥受伤后,造反的"八二七"一派撤退到已经停工的南京长江大桥高头,他老子从被困的楼高头下来地面。到1968年,武斗停了。两派终于大联合。

讲到这里,老杆子笑了:"这什么玩意头,一家人分好几派,你死我活,一污精糟。水西门的三进院子早已不是原来的独门独户,住进几家无儿带鬼的,挤得满当当的。"

老杆子说:"造他妈×什么反?我现在才明白,造反就是发财抢别人的,就是土匪!什么都反,儿子打老子,老婆打丈夫,学生打老师,下级打领导,这就是造反还有理!阿懂啊!烧书烧字画,抄金子银元,抢房子……"

"你父亲在水西门里的房子是房管所的吗?"

"原来是租房东的,快解放时我家父亲用十根黄鱼把房子顶下来,'文化大革命'前,一下子挤进来十好几家,我家老子的另一个老婆和那个儿子就靠收房租过日子,后来'文化大革命'开始就不准再剥削吃房租了,房契也被烧得了。也搞不清楚怎么回事,又成了房管所的房子了。我爸那个老婆只得到江苏饭店做服务员去了。"

外头两派大联合,老杆子父亲的大徒弟托人请师父吃讲茶,一日为师,终身为父。师父还是师父,徒弟就是徒弟,重回门墙。就是家里头还是不得联合。周小莲一根筋,好也罢,坏也罢,就是不同"负心汉"坐下来谈。大人之间的恩恩怨怨,血泪情仇影响到下一代人,老杆子和哥哥、姐姐基本上与水西门里三进院子的母子没得什么来往。

1968年的春天,开始复课闹革命,复什么课?也没得教材,每人一本红宝书,天天还要早请示晚汇报,背"老三篇"。

老杆子带头在课堂上瞎搞,还动不动在操场上举杠铃,砸教室的玻璃,吓老师,老师没得办法,就推荐他去体检当兵。那时候码头工人是正宗的工人阶级,三十二公分的膀子让招兵的负责人眼睛瞪多大的,蛮急就让老杆子填表。之后,带兵的营长去老杆子父亲的单位外调,在公司办公室中还挂着"渡江支前先锋"那面锦旗,那个营长很激动,原来,那个营长就是当年第三十五军军直属炮团的炮手,炮栓就是从他手里掉到江水里的。

很快,老杆子穿上新发的绿军装,去鼓楼的照相馆照了一张照片,他家父亲还专门在山西路拐弯的"美而廉"——后来改成"工农兵饭店"摆了一桌子,和他那个弟弟一起吃了顿饭。等老杆子吃饱喝足回到自己家，他妈死活不许他去当兵，寻死觅活。老杆子没得法子想，又和他家老子商量。老杆子父亲只好找到带兵的营长，求他把老杆子的弟弟带走了。

说到这里，老杆子那句口头禅出来了："人啊，真是没得前后眼，当兵不得去，到12月份，上山下乡，街道上一群老大妈天天到家里敲锣打鼓，把锣都敲通了，直到敲得我妈同意我去报名，才去下一家再敲。"

"我一头塌一头滑，一滑带一抹，只得背着背包，用网兜提脸盆，去广阔天地一呆七年……"

"你那个拖油瓶的弟弟后来怎么样了？"

"他混得比我好，1968年去东北当兵，1969年5月份家里头突然寄来了立功喜报，怎么回事？在珍宝岛那块和苏修打起来了。狗日的的确有两把刷子，现在来说叫基因，他老子就是吃粮打仗的嘛。一点不怕！可是带我家妈吓死了，说幸亏没得让我去！"

"你要去也能立功……"

"也说不定脚朝北头朝南了……"

"怎么说啊？"

"挂得啦，头朝北，心还要向北京嘛，哈哈！"

很快，油瓶弟弟又给家里寄来一张照片，军装从两个口袋改成四个口袋了。

"现在起码是师级干部了吧？"

"1970年突然来家了……"

"探亲？"

"复员了……"

这又是怎么回事呢?

原来正当他弟弟提干的时候,贴着八分钱邮票的一封信寄到部队,信纸上面是毛主席语录"千万不要忘记阶级斗争",信里头揭发他弟弟真正的老子是国民党军官。那个时候正在清理阶级队伍,弟弟就被部队清理回来,真是活丑。都不晓得是哪个狗日干的。

一天,老杆子在外公家给老爷子过生日时,老头儿喝多了,摸着老杆子的头说:"你家老子偏心眼,让自己亲儿子下农村去吃苦,让拖油瓶的儿子去风光。"

老杆子说:"有什么了不起,他还不是回来了。"

老头子嘴滑了:"你还晓得是哪个的事?是我!"

当时周小莲和她家父亲大吵起来,骂老头儿"缺德"。

老头子说:"为了我家女儿咽不下这口气。"

周小莲说:"老头不作兴干扒屁眼儿的事。"

这次没掀桌子。老杆子他妈拉着老杆子掉屁股走路,但彻底不再来往。后来外公死了,周小莲没得去,也是花了八分钱邮票,让老杆子从江浦回来,送了100块钱过去。

三十六、步步惊心

　　炒蚕豆儿、炒扁豆儿，炒出白果翻跟头儿。

　　——南京童谣

　　老杆子讲完父母亲和"拖油瓶"的弟弟，又开始接三嫂子去广州买粉的事：

　　"刚给父亲的白事忙完，就在家门口看见一辆夏利的士，原来是老婆从广州回来了。"老杆子记得很清楚，那一天，香港回归，南京城彻夜无眠。

　　常言说小别胜新婚，这一次不同，夫妻来不及亲热，老婆进门就趴在地上，对供桌上摆的老杆子父亲遗像"砰砰砰"磕了三个响头，接着便呼天抢地，哭得劝不住，上气不接下气。

　　老杆子心里头着急，瘾犯了，鼻涕眼泪一阵下来："歇一刻儿，等刻儿慢慢再哭，有的是时间，先说说情况。"

　　他老婆就把离开家门以后发生的事讲了一遍：

　　三嫂子挂黄带白，搞得像贵妇人一样，从南京城东大教场机场上波音737，飞机轮子向前滑动，舷窗外的跑道，还有灯架飞速地掠过，的确很紧张，浑身的肌肉都僵着，毕竟是头一回开洋荤。那个年头坐飞机不像现在，就像打的，成了家常便饭，那时候还真没得几个人坐，都是有身份的。当飞机飞进白云中，才松了口气，一刻工夫，瞌睡虫来了，迷迷糊糊，有空姐推着车子来送汽水和盒饭，她一个劲地摇手："不吃不吃，我不饿，早上吃了五个鸡蛋！"

说来好笑，不是她不想吃，以为飞机上送餐要钱呢！等周围人都吃完了，听讲不要钱，心里头直后悔，早知道应该吃三份。

老杆子老婆到广州后，住进白天鹅宾馆，当时是国内唯一的五星级，富丽堂皇得一塌。真没得见过。于是先找保险柜，把一沓子一沓子的票子从拉杆箱里取出来，结果拉开了小冰箱，见里头有吃的有喝的，一边吃一边把里头的点心、饼干和饮料、名酒拿出来，把钱放进去。2万张"大团结"一共两百摞子，摆满整整一冰箱。

这时候，肚子饿得咕咕叫，早晨哪块有五个鸡蛋？接下来她不亏待自己，大吃二喝，等差不多了，就喊服务员来送，服务员一见吓了一跳，"这么多都吃了？你晓得这瓶人头马多少钱一瓶吗？一千五百块。"

三嫂子用小指头抠着牙缝："不是不要钱吗？"

"太太，是我们总经理讲的吗？"

"我认不得你们总经理，我看飞机上人家吃的就是白送的。"

"不好意思啦，这里只要消费就没有不付钱的啦！"

"这什么鬼地方？不是坑人吗？"

白送的不敢吃不敢喝，要钱的逮不着地猛吃猛喝，三嫂子差点气潜了。

之后，打了电话，来了个穿花衬衫、红裤头、人字拖，还戴着黑眼镜的马仔，骑着雅马哈摩托车，带着老杆子的老婆，穿过繁华的闹市区，七拐八绕，来到一个叫逢源坊的小巷裆里头，里面有几个幽灵一般的人在游荡。在一座二层小楼里，一个瘦得像芦柴杆儿一样的老头问："还有条子啊？"

马仔摇头。

只见老头掀开床肚后面的一条地板，伸手下去掏了半天，拿出一小包粉，说："先验货。"

对于三嫂子来说，对这些毒品是搞不清楚的，所以吃亏上当也是难免的。

老头先递给三嫂子一小包粉，让她打开验货。三嫂子哪懂哩，装模作样用手捏捏，白色晶莹，色泽不错。

老头让她捏一点尝尝啦。三嫂子也不敢尝。这一来，老头子已经完全有数了。

老头把粉倒在锡纸上，再卷了一个管子，卖粉的帮她点着打火机，她使劲一抽，我的妈！真是不是一家人不进一家门，夫妻两个一个德行，胃里头翻江倒海，大吐狂吐，把花钱在宾馆里吃的人头马、火腿、面包、饼干一点不剩，统统倒了出来。吐完后，一抹嘴："一点儿不得错，我家男人就这个样子。"

接下来就谈生意，双方坐下，三嫂子张口就要五十克。老头说："查得紧，没得那么多，又赶上台风，要等几天。"

之后，老头给了三小包的粉，让她先吸，货到就通知来拿，一手交钱一手交货。等了几天，台风也刮过了，通知也到了。老杆子老婆提着人造革大提包，扮成到广州进牛仔裤的小贩子，一大早来到接头的地点。

还是那个小楼，还是那个老头儿，老杆子老婆有点儿甩，拉开鼓鼓的提包，露出了一沓子一沓子的大团结。老头拿出一疙瘩用报纸包的货，硬邦邦，比拳头还大点儿。老头拿出一把刀递给老杆子老婆，刚来得及铲下一点粉末子，街口就来了"放养嗡"……

这是老南京话，"放养嗡"就是嘟嘟嘟的警笛声。

老头儿脸色一变："条子来了……"忙来开后门，马仔带着老杆子老婆往外就奔，在巷裆另一头跑出去，拦了辆"的士"，一刻儿上流花湖，一刻儿又说到黄花岗，搞得司机都烦了，问到底去哪里？老杆子媳妇说："不管上哪块去，跑够一个小时，钱不得少你一分。"司机说："广交会开幕三天了，你去那里可以吗？"

老杆子媳妇一想也行，于是就去了广交会。广交会上人山人海，只转到下午，才回到白天鹅。

其实，哪里有什么公安？后来上火车后，听软卧里头买粉的同路一说，才晓得是巷子里头放的录音，是专门吓买粉人的。

去时坐飞机，回来就改坐火车，为什么呢？火车上检查要松一点儿，不像飞机那样，搞不好箱子都要检查。同包厢有个男人，戴了个"二饼"，像玻璃瓶底，西装笔挺像个大学老师，问老杆子老婆是做什么生意的，她说倒服装，卖袜子、蛤蟆镜什么的。"二饼"把玻璃瓶底都笑掉,说:"你这是小打小闹,耽误睡觉,看我火车一响,黄金万两。"

一路上听"二饼"瞎吹。眼看快到上海,老杆子老婆悬着的心才要放回肚子里头,大姨妈来了,去了趟厕所,刚准备出来,就听见软卧车厢的一头一阵大乱,有人喊:"站住!"虽然过道上铺着地毯,还是能听见有人咚咚咚的脚步从门前跑过去,这时,有人喊:"都把包厢门打开检查。"这时各个包厢中的人都惊慌失措,有人抬起车窗,把一包一包的货扔下去,还有人把身上带的粉直接向过道上扔。一个妇道人家哪见过如此吓人的场面?当时就慌了神,好在她的包厢紧挨着车厢这头,她立即进包厢里准备去拿粉把它冲进马桶里。突然里面蹿出一个人,正是那位"二饼",和她撞个满怀,手里的粉撒得到处都是,搞得空气中都是白蒙蒙一片。他还是跑了出去。眼看乘警和公安都追过来。老杆子老婆手抖得抬不动车窗,只得将藏在铺下的两包粉抓出来,直接从头上抖落下来,顿时满头满脸满脖子像从面粉厂出来的,她的两眼都迷住了,大喊:"不得了啊,快来人啊,看不着啦!"

一个年轻的公安闻声赶来,只见她两手往眼睛上揉,忙问怎么回事。

"才将跑出去的那个人发神经,甩了我一脸,就跑了,吓人巴拉的。"

那个公安一边用手帕帮她擦眼睛和脸上的粉,一边说:"他是贩毒的,不好意思,让你跟着受害了。"

此时,一位老公安进来,对年轻人说:"人跑了还不赶快追!"

又对老杆子老婆说:"对不起,你自己擦吧!"说完两个人就出去了。

这边刚刚松了一口气,人也撑不住了,吓得半躺在铺上,一刻工夫,只见两个公安手里拿着枪,押着毒贩进来:"哪个是你的东西?"毒贩从二层行李架上取下行李,被押出去,老杆子媳妇赶紧把门关上,门突然又响了。

老杆子老婆浑身一个劲地发抖,这时公安用钥匙把门打开,递给她一份材料:"友情提醒,远离毒品。"

老杆子老婆抖活了一路,直到火车停靠南京新车站,下了车,出了站,打上的士,这才彻底把心放在肚子里,越想越后怕。

三十七、两口子都吸上瘾

胖子胖子打麻将,该我的钱不还账,左一捶,右一棒,打得胖子不敢犟!脚一蹬,屁一放,两个膀子晃一晃,四脚朝天见阎王。

——南京城南童谣

三嫂子回到家对着老公公的遗像呼天抢地,号啕过后,把满脸的眼泪水一抹:"什么时候去西天寺?"

"还西天寺哩,人埋到隐龙山了。"

"干么事啊?西天寺买的双穴不用啦?"

"我家妈妈的事……"老杆子长叹一声,"不能谈……"

原来,老爷子去世时,两个老婆都是哭得死去活来。后老婆和"拖油瓶"弟弟立即去隐龙山买墓穴,挑选了一个适合安葬的日子,把老父亲的骨灰埋在隐龙山。

老爷子去世时,老杆子的哥哥和姐姐都不问事,家里都由老杆子做主。"拖油瓶"弟弟要把父亲埋在隐龙山,老杆子自然不得让。兄弟两个差点打起来,都争着把老爷子埋在自己家买的墓地。

闹得一污精糟,老杆子联合大师兄靠膀子粗硬争了过来。

哪个晓得老母亲不让老爷子遗像进门,没得办法,只得把亲爹让给"油瓶"弟弟,这样才埋到隐龙山去做隐龙了。

三嫂子有惊无险,全须全尾回到南京,原来家里头一个人抽粉,现在改成关起门夫妻俩躺在床上对抽。五十克能抽几天?老杆子老婆说不去又去了,因为有经验了。

第二次过程和第一次差不多,没得遇到大麻烦,但结果大不一样。带回来的五十克粉,刮下来,放在锡纸上,用打火机一烧,只听见噼噼啪啪的响声,杂质掺得太多,一抽根本不是那个味道。老杆子把锡纸往地上一摔:

"假的,被骗了,这些狗日的黑心狼,下回我去,非搞死他们不可!"

"你算了吧!看看这个吧!"

"什么玩意头啊?"

"火车上公安员给的宣传材料……"

"听他的呢?贫下中农常说,听蜊蜊蛄叫还不收庄稼呢!"

"我告使(诉)你贩卖海洛因不满10克或者其他少量毒品的,情节严重的,处三年以上七年以下有期徒刑,并处罚金……"

不要讧,这个不能玩。既然贩运这条路风险太大,那还是找贩毒的买吧。买点儿抽抽,能怎么样呢?朋友给他一个BB机号码用来传呼,自然有人回复,告使(诉)在哪块交易,老杆子打个的就去了,有的时候换几个地点,快天亮了才交易成。

由于公安局持续对吸毒发动攻势,查得太紧,老杆子不敢到外面抽了，问题是不抽又不得过，怎么办呢？改在家里抽。没想到，三嫂子的势头也猛，很快也抽上瘾。

两口子就在店里抽，只要活闹鬼一来，卷闸门一拉，就不做生意了，到后头卧室中，几个朋友一阵抽。朋友的朋友也带人来过瘾，有时二半夜急得狗过不得河一样，就拼命打BB机，到处买粉。

老杆子又认识了好几位专门做走私毒品生意的毒枭，要粉的时候今天找这个，明天找那个。但也有湿鞋湿身的时候，好在只买不卖，不像人家以贩养吸，于是抽粉的活闹鬼都来找老杆子，二号路上卖烟的门市部无形中成为吸毒窝点。

就这样，夫妻两个都染上了毒瘾，一天两次，每次一克，夫妻两人就是四克，而且到时间烟瘾就来了，时间一长，朋友来得多，陪这个两口，陪那个三口，抽到后来，周围朋友越来越多，越抽越多越抽越狠。到后来夫妻两人一天要八克粉。南来北往的朋友，都到这块来，在后面抽。树大招风，一些小杆子被抓进去，跟公安员一说，是跟朋友在二号路抽的粉，店铺是干什么事的，老板人长得什么样，顺藤摸瓜，侦查员还能查不到？

于是，老杆子就经常去派出所。他好和人家"拾搭"，嘴也严，凡是关于抽粉的事，都一问三不知，警察要套出话是不可能的事，一来二去，都成为熟人。

我好奇地问："不是有很多吸毒的人枯瘦如柴，还有不少抽死的吗？"言下之意你怎么好好的呢？

"你还是搞民国史的呢？民国许多大人物也抽粉，比我还来斯,人家也没抽死,有的人还活到一百多岁呢。"

"那你身体,还有你老婆不都是好好的?"

"没得抽粉以前,我有二百斤,童子功,浑身是肌肉。抽粉以后,讲句不作兴的话,只剩一百斤不到,风一吹都能吹跑。我告使(诉)你,抽粉死在大街上的都是静脉注射,我们夫妻只抽不注射,毒性少一点儿。"

老杆子夫妻俩是改革开放后第一批发财的主儿,当年工薪阶层拿几十块的时候,他家就有几百万,可谓阅尽人间春色。自从抽粉以后,家境是王小二过年,一年不如一年。一克粉三百五十块,平均每天七八克,常言说小洞不补,大洞尺五,短短四五年光阴,抽粉抽得钱、房产、车子、店铺、生意,一切的一切,用老杆了的话说:狗日十净,成光葫芦了。

听到这里,我问:"那时候还有朋友来找你啊?他们可以抽你的,你也能抽他们的嘛。"

老杆子说:"抽成穷光蛋了,什么无儿带鬼的朋友,天天来找你的,后来鬼都不上门了。"

我问:"亲人呢?"

"亲人?"老杆子笑了,"我家哥哥说我:天作孽,犹可活,人作孽,不得活!我家姐姐是一分钱也不得借的。到最后,我连每月给老妈的一百块钱都拿不出来。我家姐姐真还不错,她每月替我孝敬老妈一百块生活费,都是她用我的名义送去的。但是,我借一张"大团结"都不得给。"

我问:"你家老妈能不知道?"

老杆子摇摇头:"纸里包不住火,时间长了能不晓得?"

我又问:"她怎么不劝呢?"

老杆子:"哪个讲的?我家老妈苦口婆心,听得我耳朵生老茧,她上门找我,我干脆躲出去抽。她还去派出所举报我呢!"

就这个样子,抽到山穷水尽,没得一个人上门,公安员也不来了,搞笑吧,举报张四十两口子吸毒的老妈上门了。看看家徒四壁,她说:"这下子踏实了,我也不再举报了,不说了。"

老杆子问:"那你怪哪个?"

老妈说:"怪哪个都淘气啊!你今天的下场,也是报应。你家老子这一辈子吃喝嫖赌抽,五毒俱全,就是不抽粉。你是吃喝嫖赌加抽粉,比你家老子还狠!"

三十八、钉死门窗——硬戒

　　月亮月亮巴巴，里头一个妈妈，妈妈出来买菜，里面一个老太，老太出来洗脚，里头一个麻雀，麻雀出来飞飞，里头一个乌龟，乌龟出来爬爬，里面一个蛤蟆，蛤蟆要吃油炒饭，滚你奶奶穷光蛋。

　　　　　　　　　　　　　　　——南京童谣

　　老杆子百思不解："我家父亲当年如果抽粉，又没得人管，他为什么不抽呢？"

　　老妈说："告使（诉）你个秘密……你家老子从来不说，你家爷爷怎么死的？你还不知道吧？你家爷爷是一代青帮的'大哥'，在三江五码头也是一号人物。"他究竟是怎么死的？老杆子还真没听他家爸爸说过。

　　他家妈妈继续韶。老杆子发财时，没得时间听他妈韶，宁可拿钱出来，也不愿意听。现在反而愿意听老太太韶韶。

　　"当年你家爷爷比你风光，比你拉风，就因为你奶奶抽粉，家财万贯一扫精光，被杜月笙挂在嘴巴上，专门用来教育青帮子孙。

你家爷爷哪能受这种窝囊气？一口气没倒过来就躺倒了。依我说就是被你家奶奶活活气死了。你爷爷死后，你奶奶拿菜刀剁掉一根小手指头，终于把烟戒得了。哎，过了几年又开始抽了。"

老杆子问："手指头都剁了，这个决心太大了，怎么可能又抽呢？"

"鸦片易戒心瘾难戒，全是坏蛋日本人干的好事。日军占领南京以后，鼓励吸食鸦片，大街上开了'宏济善堂'，干么事的呢？就是专门卖烟土的，放开来让中国人抽鸦片，那时候叫'土行'，老百姓叫'燕子窝'，这也不是谁都能开的，每个燕子窝最少要交五十万大洋，领了执照，就合法了阿懂啊？"

老杆子糊涂了："日本干么事放开鸦片呢？"

"还能干么事？要把中国老百姓的钱统统搞走，当军费，再害中国人。阿懂啊！你家奶奶又开始抽了，先是当东西，买家具，没得钱就到码头上找你家父亲要钱抽粉，后来你家父亲真不管她了，她在大街上，身上就披麻包片子，最后一次跪着哭喊着，哀求你家爸爸给她钱。你爸爸心一横就是不给，你家奶奶就在码头上跳江了，尸首都没捞起来……"

说到这里，周小莲淌眼水了："跟你爷爷一个辈分的杜月笙杜老板讲过：穿是威风，吃是明功，嫖是落空，赌是对冲！抽粉是什么呢？不怕你有金山银山，只要抽粉，倾家荡产，死在马路当中。这都是过来人的总结。你要是再不罢手，就找你家奶奶去吧。"

样板戏《红灯记》里李铁梅有句唱词："听罢奶奶说红灯，言语不多道理深。"

然而,这个粉就那么容易戒吗?

老杆子出院以后,故事本该结束,但总有一点信念在支撑,这是我们同龄人的一段特殊经历,是时代发展的一个侧影,我有责任把老杆子的故事继续讲下去,何况还有一些朋友天天等着看呢,于是,几乎每天晚上去莫愁湖,找老杆子接着呱。

说到老杆子抽粉与戒粉,这个粉就那么容易戒吗?

老杆子说:"人到哪一步说哪一步,真真没得钞票,我认为还是要有尊严,还得要脸,不能进什么戒毒所去,也不能像我家奶奶一样去死,那才叫活丑。那怎么办?不吃馒头争口气。靠毅力!"

我问他:"听说抽粉的人只要瘾上来,哪还有什么毅力?什么人格?什么道德?只要有粉,干什么事都可能。到处借钱,借不来就偷吃扒拿,杀人越货……"

"是很困难,我们两口子就更困难,阿懂啊?心瘾最难戒。比如说,我想戒,我老婆瘾来了,她抽一口,我闻见味儿蛮急就要抽;相反,我家老婆想戒,我又想抽,忍不住,只要吸一口,她就跟着抽,怎么可能戒啊?这和吃饭还不一样,不吃可以饿肚子,但不抽就要死,一想到我家奶奶死无葬身之地,不戒又怎么搞呢?"

老杆子夫妻把大房子卖得了,换成小房子,又搬到一个没得人认识的地方,买了十箱方便面,十箱便宜的南京烟,用锤子和三寸大洋钉把门窗统统敲死,夫妻俩硬关在家里,一分钱不借,横下一条心，实在戒不了就死在一块堆儿。

就这样，硬戒！的确是靠毅力，一百个抽粉的人像这个样子自己戒的，估计没得。瘾上来就抽烟，其实一点儿也没得用，浑身疼得要命，就像浑身都是蚂蚁在咬，疼得在地上打滚。脸上头上身上到处是灰，还有眼泪水、鼻涕，人不人鬼不鬼。没得享不了的福，也没得受不了的罪，死撑死熬，终于把毒瘾戒掉了。

听完老杆子戒毒的故事，真是不得不佩服他们两口子。到底当过知青啊，有这种毅力！

粉是戒掉了，人还要生活，一点钱都没得，靠什么养家糊口呢？夫妻俩困坐家中，只能挺尸望屋梁。

真是应了那句话：人没得前后眼。

一天，有人来敲门。老杆子就是不开门，刷色！

但是敲门声就和地下党永不消逝的电波一样，过五分钟一次，没完没了。三嫂子实在受不了了，就去门口问。

"哪个啊？烦不烦啊？"

"嫂子，是我！"

原来是"拖油瓶"的弟弟，也是一根筋，不开门就走噻，他就不走，从上午敲到中午。实在没得办法了，三嫂子只得开门。

"拖油瓶"弟弟身后站着一个70多岁的精神矍铄的老人，腰板笔直，脸上的皱纹刻画出岁月的沧桑。

"这是我家父亲。""拖油瓶"弟弟介绍着。

自从戒了粉，老杆子一时头脑不转圈："我家父亲不是埋在隐龙山了吗？活见鬼……"

老人跨进门，环视四周，只见侧面墙上挂着老杆子父亲的一幅遗像，大步走过去，敬了一个标准的军礼，口中喃喃地说："老哥，夏侯兄弟来看你了。"

　　一点儿不错，来的这个老先生正是当年的夏侯营长。几十年了，他又找回来了。

三十九、张灵甫的部下

周扒皮、扒皮周，周扒皮老婆在扬州，扬州扬州大解放，周扒皮老婆买冰棒，冰棒冰棒化成水，周扒皮老婆变成鬼。

——南京老城南童谣

夏侯原属国民党军虎狼之师——整编七十四师，该部的前身正是1923年在临城劫车的抱犊崮孙美瑶的土匪武装，在中外代表的斡旋下，孙美瑶释放洋票下山，所部编成山东独立旅，被北洋政府招安。是年年底，孙美瑶被山东督军田中玉等设下鸿门宴所杀，轰动中外。

孙美瑶的部队后来归到张宗昌手下。1928年该部投诚国民革命军，归到第五十一师俞济时手下。抗战时期，在南京保卫战时，该部防区就在中华门拐角到水西门。城破后夏侯班长逃到三岔河附近，被老杆子父亲所救，到江北后，在滁县找到部队。抗战中，该师在战火中锻打成为国民党军绝对主力。只要一有大战，蒋介石就站在军事地图前问："七十四军在哪里？"等找到该军的位置后，立即下令跨战区行动，这支部队是蒋介石的一把钢刀。

抗战胜利后，作为首都御林军守卫南京，后在苏北、鲁南与解放军作战。打下淮阴城后，师长张灵甫脱下美式小翻领呢子军装，换上皱巴巴的新四军衣裳，脚穿草鞋，亲自开着美式吉普到南京向蒋介石邀功，受到蒋介石嘉奖。

孟良崮一役，该整编师被解放军八九个纵队合围，终于将其消灭了。夏侯被俘后参加华野六纵，就是王必成的部队，后来又开了小差，搞得像流浪狗一样，翻山越岭，昼伏夜行，历经三个月，从山东走回南京。受伤的心灵需要抚慰，于是在南京夫子庙青楼认识了一个妓女，原来还是老乡，很投缘，于是为其赎身，两人同居了。

淮海战役之后，首都南京风雨飘摇，各部队都在召集老兵归队，但重建的第七十四军已经被打得伤了元气，没有张灵甫，更伤了军魂。加上他又参加过解放军，怕被人告发，于是转入第六师继续当营长。该师师长为朱元琮，隶属第七十五军。在南京撤退时，夏侯无奈把怀孕的女人托付给老杆子的父亲，但他的女人在码头上与他生离死别时，曾欲投江，这一幕让他刻骨铭心，因而终身未娶。

第六师部署在上海高桥一带，与刘玉章的第五十二军、罗泽闿的第三十七军共同防守苏州和上海地区。长江防线被突破后，在上海外围，该师又被解放军消灭一部，夏侯从死人堆里爬出来，退入市区。

相信诸位都看过老电影《战上海》吧？第六师就是防守上海高桥一带的部队，归京沪杭警备总司令汤恩伯指挥，由于守军刘昌义投降，与三野第二十七军聂凤智军长（影片中方军长的原型）联系，让出了防区，豁子撕大了，夏侯跟着朱元琮师长，带着残部，于1949年5月27日前逃往舟山群岛。

上世纪五六十年代，蒋介石天天在台湾秣马厉兵，叫嚣反攻大陆，朱元琮升为第九十四师师长、第四军军长。

朱元琮负责主持反攻大陆，制定了《国光计划》，宣布军人延长服役时间，士兵一律不准出营房，随时待命，夏侯和他的兵连皮带和皮鞋上都有"光复大陆"的楼够（logo）……

"为了自己的女人反攻！"

这是夏侯的口号，也是他的目标！训练刻苦，流血流汗，他做过无数次相同的白日梦，每次都是相同的场景，王师北定中原日，有朝一日打回南京，他的女人抱着儿子在下关码头拿着鲜花迎接他……每次梦到这里，泪如泉涌，不能自已。

不知道自己的孩子是男是女？管他是什么呢，老婆是人家的好，孩子就是癞痢头，还是自己的好。

夏侯擦干泪水，像灰太狼一样大喊："我还会回来的！"

他对朱军长和蒋介石说的话，坚信不疑："一年准备，两年反攻，三年'扫荡'，五年成功。"只要有美国佬撑腰，一定能反攻大陆，只要花上五年时间肯定成功。然而，时间似水，白发催人。

渐渐地他失望了，尤其在金门炮战时，第七舰队护航的军舰，在第一轮炮击面前，吓跑了。美国佬，靠不住！

后来才晓得，美国人在玩鬼，美国的军用直升机经常降落在台军的兵营之中，一旦发现官兵有名无实，便立即追问这些人的下落，防止他们秘密集结，或有行动。

冯唐易老，李广难封。

1975年清明节，电闪雷鸣，老蒋升天了；夏侯号啕了，这以后没得指望了。然而，指望又来了，小蒋总统和他爹不一样，解除了几十年的戒严，还同意在台老兵返乡探亲。

盼星星，盼月亮，好容易盼来留台老兵可以返乡了，回大陆回家乡，看望亲人是夏侯几十年的愿望，但他还有职务无法申请，于是主动复员。但是真有一天当局同意他回大陆，他却望而却步，当年的妻儿是否还在？

四十、老兵寻亲

> 下雨了,下雪了,冻死老鳖喽,老鳖过江喽,冻死螃蟹喽,螃蟹要吃大麻花,刷他两个大嘴巴。
>
> ——**老城南民谣**

又过了几年,他终于鼓足勇气,趁他还有一口气之前,两个心愿,这辈子一定要完成,一是找他的女人和孩子;二是去祭拜他的老长官张灵甫的陵墓。回乡的指针指向南京。

他记得很清楚,张师长和阵亡将士碑在五洲公园的翠洲,墓碑像一把菱形的剑刺向青天。坐基上有莲花和国民党党徽,碑文是蒋介石的题字"河岳英灵"。

夏侯的飞机降落在南京城东大教场机场上,依稀还有旧时模样,只是当时成为军民两用机场,军用部分他是根本不可能过去的。

在出租车上,夏侯迫不及待地说去五洲公园,司机一脚刹车,停在路边:"老头你不要哄,我是四九年出生的,又开出租,南京城我跑焦得了,从来没听说什么五洲公园。"

夏侯郁闷至极,不可能啊,这么大的湖,湖上还散落着五块绿洲,你再人定胜天,它也不可能消失得无影无踪吧。他告诉司机离鸡鸣寺和台城不远,应该在城墙外面。司机恍然大悟,说你要去的地方是不是玄湖公园?(南京话说玄武湖往往去掉中间那个字,于是就成了玄湖)

夏侯又问有没有张灵甫碑? 司机的头又摇成拨浪鼓,从他记事开始,每年春游秋游不是雨花台就去玄武湖,从来就没听说过。

夏侯老先生进了玄武门,即丰润门,一片开阔的水面迎面而来,垂柳花香,正是:昔我往矣,杨柳依依。今我来思,雨雪霏霏。老先生顺着翠洲、菱洲、梁州、环洲、樱洲一个一个地寻找,当年的喇嘛庙和塔还在,就是没有了张灵甫碑。于是凡是遇见年龄偏大的老人,他都去询问,无巧不成书,还真被他打听着了。一个三野的离休老战士告诉他是这么回事:

上世纪50年代初,有一次南京军区军师级领导来宁,在三所(军区第三招待所)开会,闲暇时,几位师长来到玄武湖游玩,突然看见一座大约十多米高的碑,过去一看,不禁大怒:"他妈的,张灵甫和第七十四军剿共将士碑怎么还立在这里?叫工兵来,炸掉它个狗日的!"于是就炸平了。

这个传说着实把夏侯惊着了。他在近旁的古鸡鸣寺烧了三炷香,匆匆忙忙就转到上海,飞回台北。

回来第三天,有个老兵告诉他:从大陆对台广播中,听到一个女人在寻找她多年的丈夫,说是宝应人,姓夏侯,1949年12月下旬,在南京下关码头分手,随部队去了上海,一别四十五年,十分想念,如果还在,请与南京秦淮区水西门黑廊巷某某号苏春华联系云云。

夏侯几乎不敢相信自己的耳朵,也等不及写信,第二天就买了飞机票,第三天,再次来到南京,在原来的交际处,即南京饭店下榻后,按图索骥,来到水西门里黑廊巷。所谓近乡情更怯,一家一户地查看门牌,最后走进一个四合院子,在三进院子最后的偏房中,找到了自己失散多年的女人。几十年昼思夜想的盼望,两人一见,就像刚出去晨练回来一样。

"二妹子……"

"不要吓我,哪块来的二妹子?叫春华,来家了!"

"嗯,不容易找……"

"还晓得回来。"

"春华,我给你带了一套你喜欢的烧饼油条。"

"我欢喜吃糍粑,忘得了吧!"

"大哥他没在家?"

"走哎,去隐龙山了,早点儿来,你还能见一面,坐,吃点儿茶儿。"其实南京人说吃茶就是吃开水。

"隐龙山是什么地方?"

"公墓!"

"噢,对不起,我不知道……"

"没得关系,都有这一天。"

……

原期待两人会有什么死去活来的激动和拥抱呢,想不到多年后的相逢就像桌上一杯白开水。

墙上有一张像，女人搬来板凳小心翼翼地抠掉上面的图钉，将标准像揭了下来，里面露出一张发黄的老电影《柳堡的故事》的海报。

夏侯："柳堡的故事？该不是我们宝应的柳堡吧？"

"就是我们那半边的，讲的是新四军副班长和二妹子恋爱的故事，由于战争两人分手了，三年后两人重新见面，有情人终成眷属。"

夏侯问："你把它藏在后面有什么讲究？"

"还听说'文化大革命'啊？这些谈情说爱的事都是毒草，属于不健康，不撕掉会被批斗！"

"那你干什么留着它呢？"

"我喜欢这个故事，一个柳堡的女人为了一个男人，等了整整三年，我也在等，等了四十五年……"

夏侯有点儿激动："我哪块想到一走几十年，放心，我会补偿你的。"

"我不会要你什么的。"

等到儿子来家，又玩反了，听说是亲爸爸，"油瓶"弟弟抱着从来没见过面的老爹的脖子死活不丢手，长期的压抑，就像长江决口，一下子爆发了。他如果不是受这个反动军官的牵连，可能现在又是一番局面，但是，他没得一个怨字，把所有的委屈全都宣泄出来，哭得跟鬼一样。老太太直摇头："一窝老鼠不嫌骚，还是味里头儿近哎。"

儿子问："老爸，你是怎么去的台湾？"

夏侯说:"1949年5月,我们部队退到了吴淞码头,共军的机枪已经能听得清清楚楚,我是踩着士兵的人头爬上船的,哪像在下关,是你的父亲把跳板靠在船上送我走的……"

夏侯要去看看大哥,儿子找了单位的一部依维柯,带着父母亲来到隐龙山墓地,在一排排的墓碑中,鬼使神差,夏侯居然不需要指点,就找到了老杆子父亲的墓地。

摆好祭奠的供品和酒菜,倒上从台湾带来的金门高粱酒,点上三支"大中华"烟,夏侯老泪纵横,趴下磕了三个响头。之后,说:"老哥,你放心吧,我带她走了,让她过好日子!"

老太太烦了:"犯嫌!什么玩意头儿?不要搞错了,看清楚,儿子买的是双穴,这是我的地方,去台湾?做梦!"

夏侯有无限的愧疚,喋喋不休地劝说。

不管怎么说,女人就是不答应。最后老太翻脸了:"好意思讲,当年上船后你喊的什么?你已经不要我们娘儿两个,现在又来说这个,再要讲,我就认不得你了,请你蛮急走路!"

几十年的风风雨雨,女人的寸寸柔肠变成铁石心肠,老头子泪哗哗地直往下淌,女人一句劝的话都没得,搞得夏侯自己掏出手帕擦擦眼泪。于是话题一转:"我带儿子走总可以吧?他又没成家……"

"儿子的事你问儿子,跟我不插!"

"油瓶"弟弟说:"虽然我面临下岗,但我不会离开我妈,这辈子她够苦了。"

夏侯想了想也对:"这样吧,我给你出本钱,你可以把台湾的水果运到大陆来卖，你两边跑，既可以照顾你妈，也可以照顾到我。"

老太太笑了。

夏侯问："为什么笑啊？"

老太太说："我想起南京有句话，三牌楼的狗，跑到四牌楼啃骨头，为了一张嘴，苦坏了四条腿。"

最后，总算达成协议，老头拿出十万元人民币给儿子，没想到老太婆一把抓过去："我做主，这笔钱还给死鬼的儿子……"

"油瓶"弟弟："不是我不同意，他的情况妈你也是不晓得，吸毒之人，什么事都能干。"

老太对老头说："当年人家没嫌弃我，现在我也不嫌弃他儿子，怎么花是他的事，哪怕他再吸，这笔债必须还！你阿懂啊，我为什么到南京电台金陵之声去让广播找你吗？"

"当然知道啊，你想一家人团圆嘛！"

"错！要找我80年代就广播了，我们家老头活着的时候也多次催我找你，我就不找！"

"为什么啊？"

"走的时候你就没想回来，把我们母子送人了！"

"那不是没有办法嘛！那你为什么现在找呢？"

"就因为我知道老头他亲儿子现在的情况，已经倾家荡产，我要报答老头，又没得能力，所以我就想到你，也许会帮这个忙。你到底帮不帮？"

夏侯无言以对，让儿子陪着，亲自登门，给老杆子送来十万块钱。老杆子要不要呢？

老杆子要面子，还在拉硬屎："这不对箍子，不能玩。"

老婆不高兴了："不作兴这样，都是一家人，又不是我们赖痞子，不能再假嘛日鬼了，这个钱算我们借的，赚钱后再还人家。"

"还什么还？哪个要你还？"

常言道：锦上添花不如雪中送炭。就这样，老杆子夫妻俩再一次死里逃生，咸鱼翻身。

这十万块该干什么呢？的确，这笔钱有点尴尬，说大不大，说小不小，拿它做什么要费点儿脑筋。

四十一、绝处逢生

解放军,叔叔好,穿皮鞋,戴手表,一脚踢死美国佬。

——老南京童谣

老杆子也去做市场调查,发现二号路上突然开张了几家批发门市,洗衣粉很走俏。如果能认识南京烷基苯厂搞销售的人,搞洗衣粉批发应该是不错的选择,可是怎么样才能认识该厂的人呢?于是他四下打听,还真让他问着了。谁呢?

就是几年前做假烟生意时找的那位交警大队的胡大队长,那次老杆子抱住他要跳楼,他不得已解决了问题,两人成了朋友。逢年过节,老杆子真酒真烟没少孝敬。

老杆子抽粉落败后,就断了联系。听说老杆子又要做生意,大队长上门贺喜,老杆子心里头暖和和的,两人一呱,老杆子说想做洗衣粉批发,胡大队长大包大揽,"怎么不跟我讲?我在南京路路通,懂啊?"

老杆子说:"我哪块晓得呢?"

胡大队长说:"我家丈母娘和我家小舅子就有这个本事,你要多少货，保证供应你多少。"

老杆子是急脾气，立即在夫子庙状元楼酒店摆了一桌子，请大队长夫妇和他丈母娘一起喝酒吃饭。

当晚气氛十分融洽，大队长的丈母娘风度不错，一看就是有文化的人。老太太说："不瞒你讲，我原来就是那个厂销售科科长，刚退下来，关系人脉都还在。想搞洗衣粉，小菜一盘儿。这样子，你先趟趟路子，弄个两万块钱的货先试一下子，如果卖得好，再说，卖得不行，你也不折本，不会伤筋动骨。"

老杆子见对方如此胎气，也是爽快："喝酒，喝酒，生意做不做没得关系，交朋友第一。"

那天晚上，老杆子带的两瓶五粮液硬不够喝，又找柜台上拿了两瓶。他起码喝了一斤半酒，心里头真刷刮，几个月以来第一次这么舒服，该着时来运转……

老杆子这酒喝得痛快，没得想到就喝多了，骑着刚买的红色雅马哈回家，走到水西门，马路上有个窨井盖被人偷了，连人带车就摔了下去，当时就疼得浑身冷汗。第二天右小腿肿得多高，去省人民医院检查，还是那个当年给他哥哥治脚后跟枪伤的小大夫，早已成为国内外著名的骨伤科大专家。拍了张片子一看，说幸好骨头没断，但是骨裂了。

常言道，伤筋动骨一百天。老杆子只得在医院住下来，让老婆去租门面房，和大队长联系，找他丈母娘去批发洗衣粉。

果然，洗衣粉很快送到二号路。开张的那天，鞭炮噼里啪啦放了一上午，但门可罗雀，客户都有自己固定的进货来源，基本上没得什么人问津。开门没得大吉,做生意还要有计谋。

老杆子躺在医院里头遥控指挥,决定打价格战。

老杆子如此这般交代老婆:一条路上干这行的有好几家,因为我们有关系,不愁货源,每箱子比别人家便宜2到3块,赔本先赚吆喝,先把客户吸引过来,再想办法把对手挤出市场。

果然,没得几天,自有客户来买货,质量一样,数量保证,还便宜,渐渐名声在外,来买货的日益增多,货走得快,自然票子到手的周期短,再去增加货源,货进的渠道还是很顺畅。这样很快到她家门口前来提货的客户排成长龙。老杆子听到老婆汇报,洋乎洋乎,得意地说:"跟我玩?老子做生意时,都还穿开裆裤呢,半年后再见分晓,不吃死你们才怪。"

老杆子荷包又鼓了,无儿带鬼的小杆子、活闹鬼又一起上门了,听说老杆子住院了,病房外的走廊上,天天都有鲜花和果篮。老杆子小酒一喝,六合猪头肉、东山老鹅还有韩复兴的鸭子,吃得肚子又起来了,护士站的电子秤一称,眼看160斤还要多,瘦骨嶙峋的历史过去了。

就这样,也没多长的日子,二号路批发洗衣粉的门市,就成了老杆子一家独霸的局面。

一天,老杆子的老婆去找胡大队长丈母娘进货,老太太最近也在二号路开公司,租了一座二层,后面有仓库,尚未开张。一进门就听见老太太在里面打电话,大队长的小舅子将她带入。老太嘴里叼着精装中华过滤嘴香烟,示意她不要出声,对着电话说:"这么快?我原来以为还要等年底呢……好的,这一条消息起码值千金，不，千金少了，对！万金……好的，我这就去组织资金。你无论如何等我两三天时间……"

老太太放下电话问："你来得正好，你家老板腿好了没有？阿出院了？"

"就这两天就要办出院手续，有事啊？"

老太太挥挥手，让儿子出去，然后拉着老杆子老婆坐在自己身边。

"有大事啊？"

"有大事！"老太一脸严肃，"你们还听说前一阵子解放军在台湾海峡发射导弹威慑李登辉啊？"

"我们没得时间看电视，发导弹跟我们老百姓也不插，我们只做我们的生意。"

这是怎么回事呢？

这件事又叫台湾海峡导弹危机。是指 1995 年至 1996 年间，中国大陆因不满李登辉获邀以校友身份前往其母校美国康乃尔大学发表公开演讲，并希望影响第一次台湾地区领导人公民直接选举结果所举行的军事演习行动。解放军第二炮兵和南京军区分别向台湾外海试射导弹及举行两栖登陆作战演习，美国则紧急调动两艘航母战斗群进行应对，一时间台海战云密布。

老太太略带不满："你们这些人啊，不是我说你们，就知道票子，国家和个人的命运息息相关，有国才有家，你们才能做生意赚大钱，阿懂啊？"

"懂懂！"

"懂就好！告使（诉）你一个绝密消息，"她压低声音，"蛮急要打台湾了……"

老杆子老婆突然想起："有这个事，我听台湾的夏侯叔叔讲过，李登辉要台独干么事，美国人支持，一艘迷你吃航空母舰开到台湾……"

"迷你吃还密闭喝呢！尼米兹核航母阿懂啊！你当来玩的啊？告使（诉）你一个天大的军事秘密，要打仗了，不能出去乱讲啊！"

"肯定不得讲。不过打仗和我们做洗衣粉有什么关系？"

"你看你，毛主席讲，三天不学习，赶不上少奇同志。不读书不看报，没得文化真是可怕。这一条街上就你家换了20寸大彩电，以后给我天天早晨看新闻联播，了解国家大事。"

"是，是，你老人家讲得对，我们以后要看新闻联播……我还是糊里八涂，这到底怎么回事？"

面对不开窍的三嫂子，老太太直接不客气："呆啊！打仗是打资源，石油要涨价阿懂啊？"

三嫂子恍然大悟："噢，我晓得了，石油涨价，汽油也跟着要涨价。"

"这句话说到点子上了，烷基苯的原料就是石油，石油一涨，洗衣粉最迟不到中秋节后就要翻跟头……刚才就是北京高层打来的绝密电话，要我赶快组织资金，把厂里仓库里现存的洗衣粉都吃下来，中秋一过……阿懂啊？"

这一下三嫂子不呆了。

"要多少能吃下来?"

"我们最多吃一千吨,大概需要……"老太太拿起计算机,用焦黄的中指来回戳戳,"二十万。我们组织五六家拿下来!"

老杆子老婆急忙说:"不要五六家,我蛮急回家和我家老板商量,我们全吃下来……"

"做人不能这样!"

"我们做事请你放一百二十个心,百分之五的回扣!"

两下谈妥,老杆子老婆立马下楼,找不着的士,急得拦了辆马自达,就是机动三轮车,让车夫没得命地朝广州路人民医院奔,车夫吓得一头汗,直喊:"红灯红灯!"

"过哎,罚款算我的。"

马自达直接开到了病房大楼门口,三嫂子下车就奔,车夫直喊:

"没得付钱呢?"

三嫂子掏了五十块,车夫没得钱找,她也不要了,直奔骨伤科二楼,等冲进病房,床上人没得了。急忙问病友:

"人呢?"

"刚下去,说到门口吃馄饨。"

等三嫂子满头大汗找到马路斜对过混沌店,只见人头攒动,服务员高声问:

"阿要辣油啊?"

人堆里头只听见老杆子中气十足地来一声:"多放辣油!"

四十二、打雁被啄眼

> 黑皮黑皮大鸭蛋,我请黑皮吃晚饭,黑皮说没得菜,我把黑皮撕八瓣。
>
> ——南京童谣

老杆子老婆挤过馄饨店的人群,拎起老杆子就走。

老杆子大叫:"多大事啊?绑到雨花台枪毙也要让吃饱,我吃完馄饨再走!"

"大事,省了这一顿,天天让你去古南都饭店吃都一句话!"

老杆子老婆不由分说,直接把他拖到乌龙潭公园,在一处没得人的僻静之处,像谈恋爱般耳鬓厮磨,搞得老杆子直缩脖子:

"干么事啊?搞得疼嘴(亲吻)一样,瘾怪得一米!好好说噻。"

老杆子老婆左顾右看,大中午偶尔一两个游人都离得远,这才一五一十把来龙去脉如此这般讲了一遍。

一向刷刮的老杆子反而犹豫起来:"不能玩,万一撞见鬼,来个栀子花茉莉花就海得了。"

"看你那个死形样，什么时候变成猪大肠扶不起来？不是我七磨八磨，人家根本看不上我们的熊样。再说，老太打电话根本不知道我进去，是我在门口听见的，要不是我去，这笔生意根本捞不着！"

"让我再想想，不能从小康再一夜回到解放前……"

"少讲丧气话，那时候你家老子比你威风！这笔生意明摆着，几个人抬石头，不如闷声发一家。"

老杆子禁不住老婆刮十二级台风，杆劲又蹿上来，一拍大腿，嘴咧了一下，忘了小腿还没得痊愈："多大事啊，就这样定了！"

夫妻两个忙着找钱，去银行取现金，卖基金和理财产品，所有凑到一块堆，只有十五万元，这次老杆子底气十足，向亲戚朋友四下借钱，甚至向民间高利贷高息借款，说句难听的，连娃儿的存钱罐子也砸了，老太的棺材板儿钱也拿出来了，五块的、十块的、五十块的、一百块的都有，两天之内凑足二十万块，足足灌满整整一个黑塑料提包，鼓鼓囊囊的。

两口子兴得一头核子，赶来二号路老太太公司，一股脑儿把钱都倒了个底朝天。

"二十万都在这块了。"

老太太急了："你们两口子太贪哎，做人厚道点儿，给别人留点儿阿行啊？"

"下次下次，先数数啊！"

老太搬过来数钞机：

"你是我家女婿介绍的，我信不过你们还做什么生意啊！"

老太把一摞子钱往验钞机里一放,机器飞快地数着,老太一百张用橡皮筋一绕,摆旁边,等全部数完之后,打开保险箱放进去,关好后,这才抄起桌上的电话拨号码:

"那批货我全吃下来,蛮急就去送款……后天?不行,明个儿早送货。"

她捂着话筒转头对老杆子说:"找几个槽子,别让人知道,尤其是二号路的人要防!"接着又对话筒说,"你办事我放心!"

老杆子特意跑到赛虹桥附近找了一处废弃的小印刷厂做槽子,拴了两条"大黑背"看门。一直忙到万家灯火时才着家。

半斤郎酒加东山老鹅、六合猪头肉和水西门的鸭子,来了个风卷残云,之后上床看电视,电视节目完了夫妻两个还兴奋得睡不着。

老杆子说:"你还晓滴过去寡妇怎么打发长夜?"

"老炮子子,促寿佬!找话说……"

"你才促寿佬,告使(诉)你,就是摸黑撒一百个铜钱在地上,全部找齐,天就亮了。"

"是你妈告使(诉)你的吧?"

"是你妈告使(诉)我的。"

夫妻俩互相啑味儿,眼巴巴到天光大亮。

8点钟准时,手里头的大哥大响了,老杆子抓起来一听,老太太的声音:"我已出发,十点左右中华门城堡会合!"

一夜悬着的两颗心,放进肚子里头。老婆提议:"奇芳阁去吃辣油馄饨!"

老杆子:"不要赖账,是哪个说天天让我吃古南都啊?"

"货到后金陵饭店我请客,现在就去奇芳阁!"

老杆子推出摩托车骑上,老婆搂住后腰,风驰电掣,直奔夫子庙而去。早饭吃过,夫妻二人在二楼吃茶,满心期待胜利的消息。

十点刚过,大哥大响了:"到哪块啦?我们在中华门!啊……"

电话那头是胡大队长小舅子的声音:"我们还在大桥北边。"

"带人玩!搞什么玩意头儿?"

"大桥白天不让货车过……"

"怎么跑到桥北去啦?"

"厂子仓库在江北,就在'大蜡烛'这半边。"

南京炼油厂有许多燃气无法回收使用,两个几十米高的大烟筒昼夜不歇火地燃烧着,白白烧掉。尤其夜晚,远远望去就是两根点着的大蜡烛,一说大蜡烛,南京大萝卜都晓滴。

老杆子夫妻泄了劲,再看看太阳公公,整个一个缸炉烧饼,贴在头顶高头一点儿不动,夫妻两个也困了,先回家睡一觉,等晚上再说。

两人躺倒,呼声如雷,这一觉好香,梦一个接一个,醒来老杆子只觉得头疼,天已经乌漆抹黑了,拉开点灯一看,已经快十一点了。"咦,出鬼了,怎么没得电话呢?"

"不会出什么事吧?"

"出什么事啊？跑得了和尚跑不了庙，有胡大队长还怕他个鬼！"老杆子一边说一边打电话，手机中传来全是忙音。

老杆子直戳到手指头疼，大哥大始终是"嘟嘟嘟"的忙音。

这一夜，夫妻两个如坐针毡，又像两匹关在笼子里的狼，来回直转到东方欲晓。

老杆子一大早就骑着摩托车去了二号路老太的公司，叫了半天门，"小舅子"打着哈欠，伸着懒腰来开门，老杆子直往里闯，只见前天还来过的办公室一切照旧，稍稍放心。

"你妈呢？"

"我妈在无为老家。"

"少跟我屁儿汤，叫她蛮急来。"

"干么事啊？"

"她拿了我二十万元！"

"啊？有没有搞错？我妈又不识字，又从来不出门，怎么可能！"

"下流胚，不打不撒尿，"一个拳头出去，到底童子功，"小舅子"一个跟头掼多远，老杆子蹿上去，骑在身上就是一拳："不说我杵死你个×养的！"

"小舅子"抱着头，哭喊着："不要打，不要打！我告使（诉）你，是这么回事，我是代朋友暂时看房子的，半个月前，有个老太来租房子，说只租十天给我两千块钱，哪有这样的好事？我就答应下来，她还要我装她的儿子，只十天，昨天刚好十天，打电话告诉我,从今天起两清,结过账了。"

老杆子气急败坏,立马去交警队找胡大队长。一见面气势汹汹就问:

"你做的好事?玩我?"

胡大队长和颜悦色:"这位同志,我认不识你,怎么这样说话?客气点儿!"

老杆子真不能急了:"你认不识我?"他指着窗子,"忘得啦?我要抱你跳楼!"

胡大队长:"抱我跳楼?你抱试试,黑社会啊?敢来执法机关威胁我?"

老杆子:"那你丈母娘是怎么回事?"

胡大队长笑了:"我丈母娘前年就死得了,你怎么认识她我管不着。你要找她去功德园!三排十三号。"

"功你妈×德!我就叫你还钱!"

"我在上班,你一来就出言不逊,你想干么事?"

这时大队的其他人一看吵起来了,都围过来,拉开双方。

胡大队长指着老杆子对门口看热闹的人说:"神经病,一来就说找我丈母娘……"

老杆子气疯了:"我日你妈卖×……"

"我们公务员是人民的儿子,你×我妈,你就是我爸爸,阿行啊……"

"你和你丈母娘串通起来骗老子的钱……"

这时，交警大队书记过来："同志，我是这里书记，姓李，这里要办公，影响不好，有问题到我那块去解决。"

老杆子指着胡大队长："你等着！"

"放心，我不得走。"

四十三、出来混总要还

二百五,三百六(音陆),找不着老婆睡不着。

——南京童谣

老杆子只得跟李书记去了隔壁办公室,把事情经过从头到尾说了一遍。

书记说:"我和胡大队认识几年了,他丈母娘的确死了二年多了。你说他丈母娘骗了你的钱?你说我怎么信呢?"

老杆子:"不解决老子不走!"

书记说:"不走好办,我一个电话就有人请你去派出所,现在是法制社会,我给你指条明道,你真被人合伙诈骗,老胡又跑不掉,请个律师去法院告他,让法官来判,要是真的,丢公职不说,还要吃牢饭。"

"好!打官司就打官司,哪个怕哪个!"

事已至此,老杆子才晓得落进"仙人跳"了,看来,这个官司是非打不可了。

老杆子是受害者,但对法律陌生。要走打官司这条路,还真是提猪头找不着庙门，只得人托人脸托脸，打听到南京一所高校法学院有个律师事务所，就在户部街转角处的五楼上，于是登门拜访，进门要找最好的律师。

有个姓范的主任说："和律师谈话时要按钟点收费的，墙上有收费标准，一个小时500块。你要打什么官司？刑事的？还是民事的？"

"我的钱被人骗走了。"

"哦，你要打经济官司，标的是什么？"

"不晓滴什么？"

"不是不晓滴，是标的！"

"耍的就是不晓滴！"老杆子一头雾水。

"我跟你解释解释，就是你被骗多少钱？我们根据你的钱数来定我们怎么收费，按每件收费。比方讲你被骗的钱越多，我们相应收的费用就越高，不管输赢你都要付费，经济纠纷的官司，一万元以上至十万元，按照2.5%收纳，超过十万至二十万元的按照2%收纳，打赢打输都要付四万元。你打多少钱的？"

老杆子倒吸一口凉气，心想："四万元，我现在连四千都没得。"但瘦驴拉硬屎，得撑着！"这都是小意思，只要能把钱要回来！"

"这个不能打包票，你准备告哪个？"

"告交通大队胡大队长，他介绍我借钱给他丈母娘二十万元。她丈母娘找不到了。我让他赔钱！"

"胡大队长是介绍人？他丈母娘叫什么？"

"不晓滴！"

"你这个民事官司诉讼主体不明确。因为胡大队长不是直接骗你钱的人，主体应该是他丈母娘，大队长是介绍人，充其量是参与人。就是说，我们替你写状子要先告他丈母娘，连带到胡大队长，阿懂啊！"

"什么主体客体？"老杆子头稀昏。

范律师拨通胡大队长电话，亮明自己的身份。电话那头声音一清二楚："那个人根本不是我丈母娘，我丈母娘早死了，他满嘴胡说八说。我认不识他，你问问，有什么证据？他赚钱又没得分给我一分，赔钱凭什么找我？你随时可以来调查，那个人头脑有毛病。"

放下电话，范律师明确告诉老杆子："这个官司没得办法打，诉讼主体找不着。"

打雁叫雁啄了眼！

老杆子真是气得鼻子不来风，手脚冰凉。没想到流年不利，真是喝口白开水都塞牙，放屁都砸脚后跟了，又到了走投无路的境地。

这下子真是没得办法了，不但没得办法，连黑社会的讨债公司都找上门，欠命还命，欠债还钱，江湖规矩。阴历八月十六就是大限，到时候还不起就下一条胳膊。

三嫂子劝他去江浦老山林场躲一阵。老杆子说："人在江湖混，欠债不能赖。要胳膊就给一条胳膊，那也不能跑，再说你以为能跑掉？坐等！"

八月十五的月亮升起了，家家户户都团圆，老杆子夫妻照常和老妈、哥哥和姐姐一起团圆，吃月饼、喝红酒，说说笑笑，丝毫看不出有不正常的地方。

八月十六上午，门外传来"砰砰砰"的敲门声，老婆脸刷白腿发软，老杆子过去开门。

一群讨债的活闹鬼拥进来，纷纷乱喊"拿钱"！老杆子一把将老婆推到门外，说："钱没得，膀子有两条。"说完胳膊放在砧板上，"来砍啊！"

碰上这种主儿，小杆子们还真没见过，都呆得了。就在这时，又传来"砰砰砰"的敲门声。

活闹鬼说："不还钱还敢叫人？"

老杆子笑笑："叫人是孬种！"

他开开门，一个邮递员一脚进来："拿图章，国际汇票！"

原来是一封来自加拿大温哥华的挂号信，里面还有一张一万美金的汇票。

老杆子扬着支票说："一万美金，看清楚，能兑换人民币十万元，还见过钱啊！都死走，下午去新街口工商银行门口找黄牛换成人民的币！晚上来拿钱。"

一群活闹鬼都走了。

老杆子打开信一看，落款是蔡秀英。

三嫂子说："一看就是相好的，不管怎么说，能救一条命，随你！"

"哪狗日认识她！"老杆子赌咒发誓。

这个蔡秀英是什么人呢？信又是怎么写的呢？

信的大意是这样的：凡事都有因果关系，有前因才会有结果。你还记得大炼钢铁那年秋天，在大王庙捡到二十块钱吗？为了那二十块钱，你毁了我的一生，现在我也报复你了，但是给你个深刻的教训，再还你美金一万。

老杆子想起来了，那时他不到十岁，有一天在大王庙捉蛐蛐时，看见有个大辫子在磕头，听见有动静，大辫子急忙爬起来跑了。老杆子在蒲团前捡到一个手帕卷，打开一看包着一卷钱，有汽车的一分、飞机的二分、拖拉机的一角、水库的五角、天安门的一块、小桥的三块，加在一起有二十块。他扔掉手帕，欢天喜地往家奔。半路上大辫子急急忙忙跑过来，说她在大王庙磕头时，不小心把裤子荷包里用手帕包的二十块钱丢了。

大辫子见老杆子手里攥着一卷钱，不由分说就伸手要抢，老杆子把钱藏在身后，说："这是我爸爸给我的钱。"大辫子抓住老杆子的手，使劲掰他手指头，老杆子哇哇大哭，并用一个手来护，正在这时他爸爸来找他去玩牌九，见此情景，拽开大辫子，问她干么事欺负他儿子？

大辫子原来是水西门外青菜帮蔡家的，南湖除了水就是菜地，后来青菜帮改为蔬菜大队，都是菜农。蔡家这个女儿学习不错，特别是化学，中学毕业，要考草场门的江苏教育学院，立志做一个人民教师，于是怀揣着全家从牙缝中省下来的二十块钱去考试，为保证考试能过关，就顺路来到大王庙祈求保佑。哪晓得大王没得保佑，反而把钱搞丢得了。

老杆子父亲硬铮:"我儿子手里的钱,怎么证明是你的?能证明,就算是你的。是不是他偷你的?哦荷儿,不是滴!你去大王庙叩头,是封建迷信,你还带着团徽,不信共产党你信大王?那大王怎么不保佑你呢?光天化日,你敢抢小孩子的钱?哪个学校有你这样的学生?走!到你们学校去说清楚!"

几句话说得大辫子哑口无言,尤其是共青团员相信迷信,在当时能定个什么罪,怎么想都不过分。还真把大辫子吓得浑身发抖,于是掉头就跑。这边也不再追,也就了事。这件事对老杆子来说不是个事,很快便忘了。

但是,就这二十块钱,改变了蔡秀英的人生轨迹,丢了钱没得办法上学,更没得办法向家里人交代,当时南京炼油厂正在招工,她是高中毕业,大小算得上是知识分子,档案中还有从小学到中学的三好学生、优秀共青团员的奖状,于是很快进厂,在厂里也算是优秀人才。后来结婚,生了两个女儿,其中大女儿考上南大化学系,小女儿考上警校,真是无巧不成书,和胡大队长还真谈过恋爱,后来小女儿在一次执行任务中殉职了。而蔡秀英的老伴去年也因为肝硬化转成肝腹水去世了。她孤身一人,准备去加拿大和大女儿一起生活,办护照时找过胡大队长帮忙。两人谈起往事,无意间就说到老杆子。

老太太说:"我原以为这个东西抽粉以后会死无葬身之地,没得想到他竟然咸鱼翻身。"

胡大队长说:"我也跟他有仇,合伙搞他!"

两人一拍即合,于是联手设计了这个"仙人跳"等老杆子来跳,所不同的是"仙人跳"都是妙龄女子,没想到这次是老太婆;老杆子还真跳进去了。

蔡秀英也想置老杆子于死地,去加拿大后在女儿的劝说下,决定给老杆子一点儿教训,退还他一万美金。

至此,老杆子才知道事情的真相,也让他又一次死里逃生。但是从此以后,只能做小本生意,没得钱再玩大的了。转眼到了2000年,一个新纪元开始了。

四十四、西天寺、隐龙山

小汽车，滴滴滴，马兰开花二十一，二五六二五七，
你妈撒尿来不及。

——南京童谣

周小莲病倒了，医生说：胰腺癌！最多三个月。老杆子让母亲蛮急住院，但老太死活不肯，说：你去买好墓地，我就答应你。

老杆子只得同意。开始也想劝劝老母亲，把墓地买在隐龙山，不管怎么说，两个老人就是在天上见不着，儿孙们清明时祭奠也方便。但老妈坚决不同意，非和老杆子一阵去了西天寺，看着儿子把买墓地手续都办好，这才住进了鼓楼医院。

一天上午，周小莲昏昏沉沉，正在挂水，感觉有人坐在她床边，似乎在淌眼水，滴在她的手背上。她勉强睁开眼，原来是苏春华。

"大姐，你来干么事啊？"

苏春华擦擦眼睛："来看看你……"

"唉，快死的人有什么看头？"

"老妹子，姐姐最对不起的人就是你。是我夺走了大哥，是我破坏了你的家庭，是我偷走了本来属于你的……"

"现在讲这个话，没得意思了。看我笑话吧？没得你过得好，还比你死得早，上辈子欠你的……"

"唉，老妹子，你还不能原谅我……"

周小莲翻身向里："如果没得别的事就请你走吧。"

"走可以，但有个东西你不签字我不走！"

"哎哟，你这个人一辈子犯嫌，我又不该你的，我凭什么给你签字？"

苏春华："我该你的，这件事跟你儿子有关！他爸爸的房子，现在要拆迁了，我打算为你家儿子要一套。"

一听是这个事，周小莲转过身来了："阿是真的啊？"

这一刻，她的脖子轴过来了。

周小莲这辈子就是要强，轴得狠，能把自己轴得无路可退。就这个性格，谁也没得法子。当年是她主动搬出水西门的房子，谁劝也不听。老杆子已经穿上军装，她让脱，就一定要脱。儿子吸毒，倾家荡产，做生意赔了，租了一间小房子，又回到解放前了。周小莲最大的心愿就是能让儿子有一套住房，自己又没得能力，感到自己的一生太失败了。

"你和大哥没得办离婚手续，现在房子拆迁，能分一大套和一小套，大房子给你儿子，小套我来住还好啊，现在要办公正手续，你要签字。"

苏春华主动要将拆迁房给周小莲的儿子一套，能帮助自己完

成心愿,就在一刹那,周小莲的眼泪下来了,把手伸向苏春华,主动和解了。

苏春华第一次握住周小莲的手,一对生死结终于解开了。两个女人的头靠在一起。

苏春华说:"妹子,还有件事想和你商量,隐龙山给大哥办事时,买的双穴,那是给你准备的。"

周小莲:"这个不能玩,我跟他早就恩断义绝,不可能,我的墓地已经买好。"

苏春华说:"你不要烦我的事,台湾的老头还让我去那半边呢。"

"你去哪边是你的事,空就空着,老头活该,哪叫他活着的时候女人多哩。"

苏春华:"我不会让他孤单的,你实在不愿意,我死后去陪他,谁叫他救了我们母子二人呢。"

周小莲笑了:"讲实话了吧,南京人说:'贡院门前的糕——馊了还是相公吃。'阿懂啊!"

苏春华:"我还真不晓得什么意思。"

周小莲:"自己的事自己做。还是你们过了一辈子,感情深,我这个挂名的老婆死走去。"

第二天是星期天,周小莲的精神特别好,把老杆子、老杆子的哥哥、嫂子和孩子,姐姐、姐夫和老杆子夫妻,分拨子叫到床边,一一交代后事,再三嘱咐小儿子:"我的事不得告使(诉)你师兄和师弟,就是他们知道,也不准收一分钱。"

第三天早上,周小莲走了,是半夜吃安眠药自杀的。她知道胰腺癌是好不了的,多熬一天,自己受罪,还拖累家人,尤其小儿子情况不太好,多一刻都是钱啊。所以她采取这种方式告别了人生。

出殡的那一天,来的人很多,大徒弟带着师父的徒子徒孙跪倒一片,号啕大哭,额头都磕出血来了。他再次披麻戴孝,充当孝子,带领一片白帽子,浩浩荡荡去了西天寺,给师母下葬。

因为只有他自己知道,当年他被师父赶出门墙,在"文化大革命"后期,又被当作三种人开除了党籍。这个时候,是周师母拉他一把,私下把师父约出来,让他重新接纳大徒弟。老头是谁的面子都不给,唯独周小莲求他的事,不能回绝,也不敢回绝。分居以后,周小莲从来有事不求他,所以她能为徒弟的事张口求人,还能说什么?尽管老爷子心里一百个不愿意,还是答应了这件事。大徒弟在夫子庙"六华春"重新给师父磕头,这才被师父接纳了,重新找到"组织"了,从此对师父师母忠心耿耿。这件事连老杆子都不知道。

大师兄为师父师母的白事忙里忙外,充当孝子的真正谜底,就在这里。

四十五、"群郎闹江南"

脚趾脚趾扳扳,扳到南山,南山有位,金银宝贝。宝贝多,十八亩,八亩田里种荞麦,种荞麦子喂小鸡,小鸡不吃食,观音娘娘作一作。

——南京童谣

老杆子多年在生意场上熟人还是不少,还了账之后,还剩几万块钱怎么玩?和朋友一商量,决定做酒的生意。和做烟的路数差不多,以假酒为主,来钱快。

那几年南京市场上长城干红葡萄酒销路不错,白酒就是四川酒好卖。朋友介绍老杆子找到长城干红的假酒产地安徽马鞍山一个制造窝点,一喝味道差不多,不是专业品酒师还真喝不出来。一瓶酒可以卖到一百多块,一箱十二瓶,老杆子先进了一百箱,卖九十块一瓶,薄利多销,只要量大,来钱也很快。于是先找下家,找市场,南京周边芜湖方面销得最快,只要那半边电话一来,要多少箱老杆子只需给马鞍山一个电话,一车酒直接送过来,有四百箱,最多一车八百箱,这边卸货完走人,再直接把货搬到来买货的货车上，来回一倒，就是忙着数钱，开始连槽子都不要，就是手指头动得不歇火。

我笑着问老杆子："如果芜湖知道马鞍山有货，就近在马鞍山买货，不是更方便？"

老杆子也笑了："规矩你懂啊？买卖两家见面还有我什么事？中间商！"

"白酒还卖呢？"

"非卖不可，利润不小，反正宰凯子嘛，就是糊不懂的人。"

"从哪里进货呢？"

"白酒都是从南京周边进的货。"

"这事也能做？我听说假酒把人眼睛喝瞎，还有喝死人的呢。"

"那都是用工业酒精勾兑的，工业酒精中含有大量甲醇，喝瞎眼睛的，喝死人都有。我是不做那种伤天害理的生意的，说句不作兴话，我做生意讲的是诚信。"

我心里话："都卖假酒了，哪有诚信可言？"

大约他也看出来了，笑着说："哪能没得？我告使（诉）人家我的酒不是真酒，但绝对不可能喝瞎眼睛。我假酒一般都是一个厂里出来的同一品种的酒，像五粮液、五粮神、五粮醇、五粮春。为什么会这样？蒸馏出来的酒有第一锅就是头锅，第二锅就是二锅，下面还有第三锅、第四锅，越到后面味越淡，蒸到第二锅的时候口感最好，二锅头就是这样来的。就像五粮液是第二锅，第三锅就叫五粮春，第四锅就叫五粮神。酒越出越淡，怎么办？有办法，勾兑啊。我用五粮醇勾兑成五粮液，卖的这个差价。这种酒怎么可能喝瞎眼睛？"

"你以为私人作坊勾兑？告使（诉）你，国营大酒厂也勾兑，说句不作兴话，山东前些年有些大厂家卖的酒，全国哪块都有，就是厂里头连泥池都没得，全靠勾兑呢。"

"人到穷时就烦不了。只要不死人就不算犯法，再说什么法？没得办法！"

"商标、包装怎么办？"

老杆子拿我咂味："你是装不懂还是真不懂？满世界收废品的为什么专收名牌酒瓶子的呢？我告使（诉）你利润吓死你。正规名酒出厂，包装的盒子、酒瓶上商标和酒瓶盖里面，三个日期都要一致，完整无损的叫一套，最高时一套能卖一百八十元。"

"啊？这么高啊？"

"你去饭店吃饭，为什么小姐一定要替你开酒？收开瓶费？鬼大了，太有讲究了。一般是小姐帮你把酒拿到后面，用锋利的小刀一点儿一点儿把盒子弄开，不能破相，然后再在瓶盖接缝处仔细地用刀在缝上划开，取下瓶盖再把酒拿上桌，等客人喝完后，把次等的五粮神倒进去，用盖子盖好，用透明胶带轻轻贴上一层，一般人用肉眼很难看出是假酒，再用盒子装上封好，这样假酒就当真酒卖了。客人在店里喝酒，一般上来都是真的五粮液，等两瓶见底，不醉也差不多了，下面上的都是假的。就是假的也喝不出来了……名酒卖的价钱就高，像沱牌酒几十块一瓶就卖的生意也做，薄利多销！"

"我的妈呀，这些年也不知肚子里头装了多少假酒呢。"

老杆子笑了:"我看你的眼睛还好啊。你还知道'群郎闹江南'啊?"

"不晓得,现在那块还能见到狼呢?"

"挨摆不是那个狼,"他开口就唱:"郎呀,咱们俩是一条心……是那个郎,阿懂啊!"

"哦,情郎的郎!是不是清顺治年间江南主考官舞弊,出闱后被举子包围羞辱那档子事?南京民间有群郎闹江南的说法。"我跟老杆子脏污。

"郎酒的郎!2005年春节,南京市场上铺天盖地都是郎酒和郎酒系列的酒,"老杆子得意了,"都是进我的货,连续三年卖疯得了。后来郎酒厂的南京代理发现到处都是郎酒,以为又让别人代理,于是与郎酒厂对簿公堂,才知道是有大量假酒混入市场,组织工商部门到各商店去调查,发现大多数都是假酒,派出人员去明察暗访。"

"你被逮住啦?"

"一点儿不错!"

老杆子事先得到内部消息,连夜把假酒送到槽子里,店里摆一箱假的,两箱真的,还真被查着了,但经过申诉也是受害者,被罚了几千块钱了事。

我感到奇怪:"既然你已经知道,为什么不都藏起来呢?"

"你不想想,这条路上全都有假,我的屁股上怎会没得屎呢?反而会被盯上,卖个破绽才能平安!这就叫小赌大开心,小罚大放心!"

有句话，凭你奸似鬼，也喝老娘的洗脚水。

一天，一辆四吨大货车来提货，转角处，突然设了一个警亭，槽子门不能打开，而且24小时有人巡逻，大货车一等就是三天，还真被盯上了。最后老杆子掏钱，弥补客户损失，人家知道货难提，渐渐的客户少了，生意越来越不好做。

这到底是怎么一回事呢？

四十六、金盆洗手

小板凳小板凳歪歪,菊花菊花开开,先开橱,后开柜,大红鞋子十八对,新娘子哎,起来喽,新姑爷送的花来喽,我不要,我不要,我要婆家大花轿,四个吹,四个打,四匹骡子四匹马。

——南京城南童谣

闷葫芦终于打开了。

五一节前,胡大队长开着警车来了,说照顾生意,进店搬了两箱五粮液酒一箱干红,假嘛日鬼装作掏钱,摸了半天,说:"不好意思,出来急了,钱忘带了,局里开表彰大会,中午要吃酒,下次再给钱!"

老杆子恨得牙痒痒的:"你不是赌咒发誓说认不识我的吗?还来赊酒干么事?"

"你开店跟认识认不识有什么关系?认识就卖不认识就不卖?你不就是要钱嘛,我说不给啦?"

明摆着是敲诈,老杆子没得办法:"你的面子,什么钱不钱的。"

大队长说："哪能算啦？你真发死了，还能不要钱？节后到大队来找我，不要忘了！"

人走后，夫妻两个生闲气，老杆子说："算咪，他吃死我们，没得办法。"

三嫂子不干："他临走一再让节后去拿，你不去我去！干红算了，二十四瓶五粮液多少钱啊，不能就这样没得了。"

过完节，三嫂子还真去了。大队长阴笑着："对你客气当福气，还真来啊！"

三嫂子："小本生意，打七折，出厂价，一点没多要！"

没得一个月，一个戴大檐帽穿制服的自称工商稽查部门的"常科长"上门来检查，里里外外查了个底朝天，幸亏老杆子留了一手，提前把假酒都转移出去。但是，从那天起，隔三岔五就有人突击式来店里查一遍，还用开玩笑的口气说："查到你就是你活该，倾家荡产也怨不得我，公事公办！"

老杆子只得请胡大队长出面，请常科长去古南都吃饭，大吃二喝，酒足饭饱，临上车还塞个红包，也能消停十天半月，再来检查。次数一多，老杆子敢怒不敢言，他老婆脸色就不太好看。常科长鼻子不是鼻子，脸不是脸，说："是老子罩到你玩，不要搞错了，要让老子查到你让你们脱三层皮都不算数！"

从那以后，工商部门好像长了眼睛，只要店里有假酒，哪怕只有两三箱，就几倍几倍地罚。再后来，店门口和槽子门前经常有工商稽查人员，老杆子和他们玩声东击西，尽管没查到，但也着实提心吊胆。后来二号路要拓宽,门市、店面、仓库和小饭店都迁到长红路上,把路两边挤得没得插脚的地方,生意更难做了。

春节将要到了,老杆子库存的郎酒刚上市,突然被人举报说他家卖的郎酒是假的。老杆子门市上放了四箱,全被稽查人员查没,明明是真酒,硬说是假酒,双方吵得一米,老杆子也来火了,椅子都举起来了,还是没敢砸下来,110都来了,暴力抗法,老杆子二进宫,连罚款带拘留,一污精糟。

老杆子一进去,店面也被查封了。

老杆子老婆只得低三下四去求胡大队长。胡大队长说:"工商局常科我认得,我一个电话,你拿三箱酒五条烟,不是我用,是打点,懂啊!放心,他们不得搞死你,搞死了他们喝西北风啊。"

果然,老杆子被放出来了。

当晚,胡大队长下班,老杆子早就叫好一辆的士,跟在他的警车后面,一阵来到金陵饭店,看见常科长等在门前,几个人吃饱喝足,又到下面的包间去打麻将。

老杆子恍然大悟,原来他们都是一伙的。执法部门不怕你玩鬼,只要查到一次,就按此比例推算一个月或一年卖多少,再乘以干了几年,双倍罚款,一下子不死半条命也没有了。你就是不玩鬼,非说你玩鬼,到哪块说理?

"我日你妈×,忙了半天都代他们忙了。除非官商勾结,银行给你大量贷款,还不上继续贷,直贷到没得人敢碰你,那就真正成为大好佬了,可以和大领导平起平坐了。否则吐血跳楼倾家荡产是早晚的事,那时候就是路倒尸也没得人问了。"

老杆子感慨万分。想想不值，忙多少年，吃尽辛苦，担惊受怕，其实都为这帮家伙去忙了。自己就像池中游鱼，什么时候想捞就捞，想宰就宰，完全在人家控制之下。不好玩也不能玩了。

老杆子岁数越来越大，胆子却越来越小。年轻时候天不怕地不怕的杆子劲都看不见了。他自己也嘲笑说："十来岁撒尿撒过街，六十岁撒尿撒湿鞋，没得劲了！"

于是决定收手，自从水西门里的老房子拆迁后，老杆子夫妻俩分了一大套房子，说是大套，也就是八十多一点儿平方，地点不错，环境也好，就在南湖边上。每天湖边转转，下下棋，一包香烟，斤把酒，半斤鸭子，小日子也还过得去。

四十七、好汉不提当年勇

> 娃娃哎,出来玩灯喽,不要你的红,不要你的绿,只要你一根洋蜡烛。
>
> ——老城南童谣

老杆子在家歇了几年,开始养几只鸟,按他自己的话,有益于身心健康。每天下午,去南湖那半边,有片空场子,一群老头和中年人在那里玩石锁。高兴了也下场玩玩,气力有点跟不上了。

一天,老杆子在夫子庙花鸟市场看人斗鸟。

小鸟怎么斗呢?八哥和画眉、鹧鹆都爱斗。一般是隔笼相斗,把两只鸟摆在一个大笼子里,笼子中间隔开,让两只鸟争斗,胜者高声鸣叫。也有滚笼相斗的,两只鸟放在一只大笼子里,任凭厮打互啄,直到一方把另一方啄得羽毛满地,头破血流而死。

其实,就是赌博,押胜者也能赚个大几百块。

这时,只见两只画眉被关进一个大笼子里,一只声高吭,一只声婉转。引得围观众人都拍手叫好。鸟主人就大声叫大家开始押钱,老杆子在一旁说:"这个叫得最凶我看没得后劲!"

鸟主人不高兴了:"要是叫得凶的赢了呢?"

老杆子:"赢了我包打来回。"

鸟主人爆粗口:"闹市区哪块来的乌嘴骡子!"

老杆子也不得吃亏:"骡子身有个鸟用!"

言语冲撞,一句不让。

老板急逗了,吹个口哨子,一群活闹鬼围上来推搡老杆子。老杆子不惹事,但事到了头上也不怕。

老杆子推着自行车要走,被活闹鬼抓住车龙头:"你盛啊,跑干么事?"

"那边有空地,不耽误别人的事!"

说着走了过去。只见路边真有空场子,几个玩石锁的比拼,老杆子说:让我来试试。

他挑了一个40斤重石锁向上一抛,接着单手一举,来个霸王扛鼎,接着石锁上下翻滚,贴在身上转,引得过路人纷纷喝彩:"好功夫!"

把一群活闹鬼看得目瞪口呆。

老杆子开始发威:"小雀子敢碰老杆子?是一起上还是单打独斗?"

这时,一个保安模样的壮年汉子过来,对活闹鬼说:"你们不要和这个老头动手,你们去打听打听,老杆子什么人啊?水西门哪个敢惹他?"

老杆子一看,那个保安认得,原来是鸭子厂老弟兄,多年断了联系,见面还是亲得一米。寒暄之后,老弟兄问起老杆子近况,老杆子长叹一口气:"虎落平阳,没得事啊。"

"虎落平阳也要认,好汉不提当年勇!你要真没得事,我介绍你去做保安吧!"

"五十多岁了,干什么保安啊?"

"没得什么事,看看门、吹吹牛,混两千块也不错嘛。"

就这样,在老弟兄的介绍下,老杆子在高楼门省肿瘤医院当上一名保安,每天去看看大门,倒也没有太多的事。由于他很江湖,做事有分寸,眼皮也活络,和医院上上下下都熟,客客气气,关系都不错。

一次,有个开着宝马来看病的老板非要开车进医院,但是没得车位,保安不给他进,老板在门口发飙,把医院大门堵了,几百个人围得水泄不通。院领导急得打电话,110都来了,老板就是不走。很多事就是这样,公事无法公办时,道上人出面,保管好使。

老杆子说过:"各人有各人的活法,你玩你的一套,我有我的路数,有时候就得以狠斗狠,只要不打死人,就行!"

堂堂大院长,呆得了,只能求老杆子想办法,老杆子走到宝马车头前,脱下制服,把大檐帽一摘,塞到院长怀里说:"老子现在不是保安!我来陪他玩玩!"只见他爬上车头:"请进出医院的诸位绕一下,从南门进去,有本事停一天,反正我也没得什么事!"

老板气急败坏,上来就拉,老杆子一巴掌把手打回去:"把老子拽下来,下半辈子就是你老子,阿懂啊?你养我!"

老板慌了,急忙掏出中南海过滤嘴香烟递过去:"老哥儿,有话好说!"

"刚才你怎么不好说?你是来干么事的?"

"天天应酬,肝疼得厉害,来检查的。"

"我看你就是来找死的,肝疼就说明你有病,阿懂啊?更不能生气,你不是找事做吗?"

"老师傅,我扶你慢慢下来。"

老杆子指挥老板把车开到后面住院部旁的内部车位上,告使(诉)老板:

"不要以为你开宝马就了不起,盛气凌人,有话好好说!搞出事来还是你没得理!"

"我看你老哥是出来混的,我听你的!"

老杆子几句话就解决了院长、110都解决不了的事,很快成为保安带班的负责人。院长、医生、护士、病人和家属都跟他拉呱,院长、医生经常把病人送的名烟名酒转送给他。

再说那个老板,肝火太盛,经过详细检查,已经是肝癌晚期,他流着眼泪对老杆子说:"你代我找找人,哪个医生最好你有数,花多少钱都不是问题。"

老杆子真为他找了医院里最好的医生,花了近百万还是没能救得了老板的命,两个多月,开宝马车神气咕噜地来,躺在运尸车上走了。

在做保安的日子里,活的来、死的走的事情看得太多了。老杆子告诉我:"百分之百不敢说,百分之八十都是被吓死的。人就这么回事!"

看惯了人来人往,生生死死,一切在老杆子眼里都看淡了,脾气也渐渐好了许多。

四十八、"就怕你不打我"

　　三角蛤蟆裤，省钱又省布！挑个芭蕾舞，屁股包不住，精屁股郎当过马路，稀屎拉一裤。

——**老城南童谣**

　　当保安，看大门，一转眼又是几年。老杆子已是六十整岁，到了退休年龄，本来他就不是正式职工，所以医院领导让退，二话不说，叫走就走。身体还健壮，回家享清闲了。

　　一天，派出所来电话要老杆子去一趟，着实把三嫂子吓了一大跳，以为又干么事了。老杆子心里无鬼，径直去了。

　　所长见了老杆子，说："我是新来的所长。早就听说你的大名，你现在干么事？"

　　老杆子说："还能有什么事！混吃等死！"

　　所长说："你蛮幽默的嘛。我来这里不久，有事请你帮个忙！"

　　"抬到混嘛，不要这么客气，有事说，只要我能帮上忙的。"

　　"胎气！是个重要的事。南湖这一片，路况复杂，人员也太杂，卖瓜卖菜的各种车子随便放，小车子也一天天多，瞎停、乱停、出事故的、打架吵架的天天发生，扰乱交通，影响市容。上头号召五讲四美，创卫生城市、文明街区，所以要治理周边环境，我想请你帮忙把停车场管理起来。收的钱一半交上来，一半归个人，半公益性质，你看怎么样？"

"所长看得起我，这还有什么话说？"

从此，老杆子夫妻两个一个白班一个夜班，其实看到晚上九点钟就可以回家休息。

老杆子在这一带生活几十年了，家门口哪个认不得他？老的喊老哥，中年的喊伯伯，小的喊爷爷，都给面子。老杆子夫妻认真负责，疏散交通，治理乱象，看管车子，夫妻俩就守着个停车场，从早到晚，寒来暑往，日子就这样一天天地过。老杆子的杆性也消磨得差不多了，遇见客客气气的人，就客客气气地跟人家解释，遇见不讲理的主儿，轻易不跟人家耍横，还是耐心讲道理。岁数大了，他也发现这三十年，随着城市面貌日新月异，人们的素质和文明程度也在不断提高。不管什么人，只要讲理，大多数还是按规矩来的。只有三嫂子脾气见长，遇见二胡卵子、活闹鬼之类，动不动也敢骂敢喊，活脱年轻时的老杆子。

听到这里我不禁哑然失笑："你一个老头、老太婆就不怕人家动手吗？"

"王师傅，你错了，我不是怕他们动手，就怕他们不动手！"

"这话怎么说？"

老杆子说："我告使（诉）你一件事，几年前，有个集庆门那半边的城边村的村长带个小女的来这边玩，你也晓得，这些有权的村长都发死了。城市扩大,政府征地搞拆迁,有点风声,就去砖瓦厂买次品红砖,拖回来盖房子,连水泥都没得,盖小楼,垒鸡窝,圈猪圈,什么都算面积,最多的人家能分到十套八套新房子。自己住一套,其余出租,什么事都不干,吃喝玩乐,花天酒地。村干部都有集体的门面房,都变成私人的,比城里老板神气多了。处处门面房,到处丈母娘,满地小儿郎,就是说他们这种人的。

"有个姓蔡的城边村书记兼村长的,就是白菜帮的后代,带个女人就把卡迪拉克停在我的车场里,两个人挽着手,贴着脸,进了前面的俏江南,十点钟也没有回来。可能吃完酒又去歌厅什么地方玩去了。我们这块有规定,十点钟以后下班,谁来都可以停,不收费。因为他是辆高档车,我老婆怕走了以后,万一车被人划了,不啰唆嘛,于是就搬个凳子坐等,一直等到夜里两点钟那两个东西才回来。回来发生的事就搞笑了……"

怎么回事呢?原来那个村长带着小三,昏头日冲地回来拿车。

三嫂子说:"我等到下两点了,要多一点费。"那个村长以为这是在他的村里头,说:"我×你妈多少钱?"

"五块……"

"是你家马路?哪个规定要收费?"

"不是的,这上边画的有线,如果你停在线外头不收!"

"公家修路,你画个线就来收费?还有没有公德?"

"不是我来收费,是公家喊我来管理。"

"老子在村里头,到处停,也没得哪个敢吱一声!"

"这是城里头,师傅阿懂啊?"

小三瘪着嘴:"搞清楚哦,什么师傅?是村长蔡大名。"

其实,三嫂子知道他是白菜帮帮主的后代,但看不上他张狂的样子,就不放他走。

"老子就不给钱你敢怎么样?"

"不给你不能走!"

"老子偏走给你看!"

说着搂着小女人拉开车门,把小女人送上车子,自己绕到这边,打开车门进去,钥匙一插,发动车子要强行走。老杆子老婆往车头前一站,村长急了:"前头过不去老子走后面!"

一脚油门往后倒,只听"咚"的一声,车开不动,村长又一脚油门,又是"咚"的一声,还是没开动,下车一看,卡迪拉克撞在石墩上,屁股后面南京话撞了两个大"瘪塘"。村长气急败坏冲到老杆子老婆面前:

"赔老子车!"

"你自己开的,自己撞的,凭什么叫我赔钱?"

"老子杵死你!"

在小女人的面前,村长眼看下不来台,挥拳照老杆子老婆鼻梁打去,一下子就打倒了。鼻子淌血了。这下子有事了,110也来了。双方被带到派出所。

民警问村长:"你看公了私了?公了,你交通肇事,还动手打伤人,属于刑事犯罪,先拘留十五天,车子扣下来。私了你们自己协商,她只要同意,放车走人!"

村长这一刻嘴里的"老子"没得了，成三孙子了，点头哈腰，请求私了。

民警说："你先送老太婆去医院拍片子检查，后面的事你们自己协商。"

村长没得哈气，像送区长一样，把老杆子老婆送到医院去看夜间急诊。经过检查：病人鼻骨打裂了，要住院治疗。

老杆子来了，不依不饶。村长低三下四，说话声音都低了八度。最后出住院费及各项检查费、误工费、营养费、各种补贴费，一共五千块钱，还不算修车费。

"为了五块钱不给，花了五千块才打住。"

"怪不得不怕你动手，就怕不动手。只要一动手，下半辈子吃喝带养老费、护理费、送终钱、什么都有了。"

听完后我哈哈大笑，这种事如果让我们碰上，肯定掏钱买平安，这种招数也只有老杆子能想出来。

四十九、老杆子谢幕

癞痢扛洋枪，洋枪打老虎，老虎吃小孩儿，小孩抱公鸡，公鸡吃蜜蜂，蜜蜂叮癞痢，癞痢扛洋枪……

——南京童谣

我写老杆子，在手机上一天一段，老杆子出院后，根据他讲的故事，大概写了四五十段，有朋友看了觉得很好玩，属于黑色幽默一类。其实我是个做学问的人，写这种东西我并不擅长，不断有朋友鼓励我，希望我接着再写老杆子，我也一直没有大块时间来续写。

后来，因为搬家，离原来的小区有十几公里，也不在原来的医院看病，联系就少了。去年年底，他突然打个电话，说："明年开春，我们一起去江浦的知青博物馆看看，顺便也去下乡的地方转转。"

"好啊，等春暖花开就去。"

接下来的两三个月，我老妈病重，来来回回往老家跑了好几趟，搞得头稀昏。紧接着过年，直到今年开春，突然想起和老杆子约好的江浦老山之行，于是就给老杆子打个电话，接听的是三嫂子。

"老张呢？"

"找他有什么事？"

"我和他约好去江浦永宁公社玩玩……"

"去不了了……"声音有点凄凉。

"怎么呢？"

"老头骨癌，已是晚期……"三嫂子开始哽咽。

我大吃一惊："什么时候的事啊，怎么不早告诉我？"

"其实好几年了……现在转移到胃和肺部了……老头不让说，但他经常说你是好人，下农村那时候要是认识你就好了。他就想跟你呱……"

"他现在怎么治疗？"

"什么都不治，捱日子吧。"

"那怎么行啊？"

"老头在肿瘤医院干过，他说，化疗、放疗，除了受更大的罪，加重病人痛苦，倾家荡产还是死，所以一点儿药也不吃，直接出院就在家里头躺着。"

"还能吃啊？"

"不能吃。我看也就是这几天的事了……"

"我现在就去看他！"

一个半钟头后，我敲开了老杆子家门，来到里面小房间，一张单人床，老杆子睡在床上，眼睛翻白，只有出气没得进气了。

几个月不见,原先一百七十多斤的人已经面目全非,最多只有七八十斤,全身瘦成干儿。这就是我认得的那个虎虎生风的老杆子吗?我再也忍不住心里的难过,眼泪水涌了出来。

三嫂子大声喊着:"老头儿、老头儿,王师傅来看你了!"

老杆子一动不动,没有任何反应。

三嫂子流着泪:"我们到外面去吧!"

三嫂子边哭边说:"唉,也是报应啊!老头一辈子做了不少好事,也做了不少孽事。我也跟他一阵卖假烟、假酒、吸毒,损德啊,遭报应!唉,走了也好,免得遭罪。老头要走了,我也快了……"三嫂子说着,已经泣不成声。

我劝慰着三嫂,心中翻江倒海。老杆子个性的形成继承了他爸爸甚至他爷爷的基因,在他们那个年代老百姓受了气,丢了命,无处伸冤,官府又不管,所以青帮就产生了,四海之内皆兄弟,讲义气,受了气有组织帮受苦人出头。所以,他本身就是个奇人怪人,好事也做,坏事做得更多,抗强护弱,以暴制暴,确实帮了一些人的忙,但终究不是一条正道。十几年来,特别是近七八年,基层部门乱七八糟的事,不是没滴,但少多了。老杆子这样的行事方式,跟他个人一样,也走到底了。

面对奄奄一息的老杆子和悲痛欲绝的三嫂子,我的心情久久不能平静……

第三天一大早,三嫂子就来电话:老头走了。

老杆子真走了。

我印象最深的是老杆子说的:"人都没得前后眼,退一步海阔天空，当年不懂，现在想想就这么回事，不管你再发达不可一世，都有不行的那一天，走到哪步说哪一步，随遇而安，顺其自然；得意时不要目空一切，认不得人，失意时也不要下流胚，像狗一样，都是命。"

话糙理不糙。

老杆子正是我们这一代一部分人的缩影，是大时代背景下的特殊产物。我也曾是知青，他生活的时代背景，正是我所经历的，所以能引起我的共鸣，能读懂其中的含义，可以明白一些做人的道理。没有人能得意一辈子，即便能横行一时，也有失落的那一天。就像老杆子所说的粗话：十多岁撒尿撒过街，六十岁撒尿撒湿鞋。仔细琢磨，还真是这么回事。

2018年6月，第二稿修改于岳西县司空山二祖寺